가프 현대 판타지 소설

MODERN FANTASTIC STORY

밥도둑 약선요리왕

밥도둑 약선요리王 6

가프 현대 판타지 소설

초판 1쇄 찍은 날 § 2019년 6월 11일
초판 1쇄 펴낸 날 § 2019년 6월 18일

지은이 § 가프
펴낸이 § 서경석

총괄팀장 § 노종아
편집책임 § 신나라

펴낸곳 § 도서출판 청어람
등록번호 § 제387-1999-000006호
등록일자 § 1999. 5. 31
어람번호 § 제1-3028호

주소 § 경기도 부천시 부일로 483번길 40 서경B/D 3F (우) 14640
전화 § 032-656-4452 팩스 § 032-656-4453
http://www.chungeoram.com
E-mail § chungeorambook@daum.net

ⓒ 가프, 2019

ISBN 979-11-04-92011-0 04810
ISBN 979-11-04-91945-9 (세트)

목차

1. 치졸한 저격수

이른 오후, 예약이 비는 막간을 이용해 불꽃 요리대전이 벌어졌다. 장소는 민규네 주방이었다.

"시작!"

민규가 호박을 썰었다. 재희와 종규도 뒤질세라 썰었다. 막간을 이용해 만드는 건 약선물호박떡. 일명 호박모시리떡으로 불리는 요리였다. 레시피도 간단했다. 청둥호박 껍질을 벗긴 후에 씨를 빼고 얄팍하게 썰어내 멥쌀가루에 설탕이나 꿀과 함께 버무려 시루에 찌면 끝이다. 민규네는 사이사이에 대추살을 박아 넣었다. 바로 재희의 비명이 나왔다.

"셰프님, 반칙이에요."

"뭐가?"

대추를 든 민규가 돌아보았다. 톡 치면 씨가 빠지는 궁극의 스킬 뼈와 씨 제거법. 일일이 수작업을 해야 하는 재희와 종규였으니 볼멘소리를 내지 않을 수가 없었다.

"셰프, 우리 수련 중이잖아? 좀 맞춰주면 안 돼?"

종규도 덩달아 울상을 지었다.

"승부의 세계는 냉혹한 거다. 억울하면 너희도 비기 개발해. 무협지 같은 데 나오는 주방장들은 기합만으로도 대추씨를 빼더라."

"아, 진짜……."

"나는 끝."

시루에 불을 당긴 민규가 말린 문어를 집어 들었다.

"으앗, 2등이라도 해야겠다."

종규가 속도를 붙였다. 재희도 질세라 대추살을 저며낸 후에 떡 모양을 잡았다. 둘은 거의 동시에 뚜껑을 닫고 문어를 집어 들었다.

이제는 문어구화 오리기였다.

문어구화.

이제는 주로 마른오징어로 오린다. 이 또한 쉬운 일은 아니었다. 하나의 꽃마다 오리는 규칙을 숙지해야 한다. 그렇지 않으면 자른 살을 말았을 때 꽃잎이 제대로 나오지 않는다. 어디에 쓰임새가 있냐고 할지 모르지만 궁중요리에서는 필수적이었다. 게다가 갖가지 모양을 오리는 과정에서 요리 솜씨도 늘게 된다.

사사삭!

민규의 손은 보이지도 않았다. 움직이면 꽃 하나가 나왔다. 국화도 있고 장미도 있고 구절초도 있었다. 지상의 모든 꽃을 오려낼 수 있는 민규였다.

"김 난다."

구경하던 황 할머니가 떡시루를 가리켰다.

"그만!"

민규가 종료를 선언했다. 떡이 되는 사이에 민규가 오린 건 20여 개. 종규와 재희는 하나하고도 절반 정도였다.

"그래도 내가 오빠는 이겼다. 난 거의 다 오렸거든?"

재희가 문어살을 흔들었다.

"야, 대신 내가 떡은 빨리 안쳤거든."

종규가 항변을 했다. 둘은 민규를 돌아보았다. 판정을 기다리는 것이다. 하지만 민규의 답은 시루였다. 떡 맛으로 결정하겠다는 뜻이었다.

"어때요?"

약선물호박떡을 꺼내놓은 재희가 물었다. 종규도 제 접시를 슬쩍 붙여놓았다. 민규는 그걸 황 할머니에게 밀었다.

"맛 좀 봐주세요."

"아유, 내가 뭘 아나? 우리 가게에서는 민규가 왕이지."

"떡 맛은 잘 몰라요. 그러니 할머니가……."

민규가 두 접시의 떡을 떼어 내밀었다. 할머니가 차례로 떡을 물었다.

"으음……."

"내 게 더 맛나죠?"

재희가 선수를 쳤다.

"야, 할머니가 결정하게 가만히 좀 있어."

종규가 괜한 태클을 걸고 나왔다.

"음… 재희 거는 호박의 단맛이 적고, 종규 거는 꿀이 너무 많이 들어간 거 같은데?"

"에?"

잔뜩 기대하던 두 청춘 남녀의 미간이 구겨졌다. 할머니의 판정은 정확했다. 오랜 경험 덕분이었다. 할머니는 원래 종갓집 며느리. 종가의 혈손이 끊겨가던 중 송사로 다투면서 뿔뿔이 헤어졌지만 한 달이 멀다 하고 제상을 차려내던 관록은 남은 까닭이었다.

"그럼 형 거는요?"

종규가 할머니를 바라보았다. 할머니의 손이 민규 떡을 집었다.

"아흠… 푸근해. 역시 '세푸' 솜씨는……."

"에이, 씨… 어디……."

종규도 시식에 나섰다. 제 떡에 이어 재희와 민규 떡까지

거푸 입에 넣었다. 하지만 결국 입을 다물고 말았다. 민규의 떡은 차원이 달랐다. 같은 호박과 같은 주방. 하지만 결과는 달랐다. 그 차이는 여러 곳에 있었다.

우선은 초자연수 때문이었다. 그것 외에 호박도 달랐다. 민규네 주방의 청둥호박은 다 최상급이었지만 그중에서도 최고였다. 나아가 호박의 두께와 멥쌀가루의 양, 꿀과 대추의 양도 그랬다.

재희는 그걸 알고 있었다. 자를 가져와 호박의 두께를 재고 멥쌀가루의 양도 비교했다. 떡의 끈기와 촉감, 식감도 체크했다.

반면 종규는 맛 분석에 더 많은 투자를 했다. 세 떡을 일일이 먹어보며 차이를 찾는 것이다. 재희보다 뛰어난 미각의 활용이었다.

"아유, 내가 여기만 나오면 배가 부르다니까. 어쩌면 이렇게 분위기도 맛있을까?"

황 할머니는 흐뭇해 어쩔 줄을 몰랐다.

"할머니, 애들이 다 빚쟁이라서 그래요. 아니면 저한테 막 대들걸요."

민규가 웃었다.

"빚쟁이?"

"애들이 다 아파서 골골거릴 때 제가 약선요리로 낫게 해줬잖아요? 그렇지 않으면 어림도 없다고요. 요즘 어린애들이 얼마나 무서운데요."

"나한테는 민규도 어린애야."

"예?"

"하핫, 명언이시다. 할머니 최고."

종규가 쌍수를 들고 좋아했다.

"은근슬쩍 넘어갈 생각 말고 식품 궁합 노래 3번 반복 시
작."

"셰프……."

"어허!"

민규가 레이저를 쏘자 종규와 재희가 합창을 시작했다.

양고기는 구리 그릇과 상극이오.

행인죽은 밀가루와 상극.

송이는 쌀과 함께 두지 말고.

간이 푸른 닭은 먹지 말고.

붕어와 맥문동을 함께 먹지 말고.

마늘과 부추를 꿀과 함께 먹지 말고.

잉어와 팥죽을 같이 먹지 말고.

소주와 복숭아를 함께 먹지 말고.

감자를 녹두 속에 보관하면 싱싱하고.

배를 무와 함께 넣되 꼭지를 무에 꽂으면 갓 딴 듯 싱싱하고.

가지를 재에 넣어 보관하면 겨울도 날 수 있다.

노래는 세 번을 다 이어졌다. 나중에는 할머니도 함께 흥얼거렸다. 초빛의 케미는 더할 바 없이 좋았다.

*   *   *

"어서 오세요."

오후 날씨는 먹장구름이 꾸물거렸다. 이때 들어온 손님은 재희가 맞이했다. 남자 둘과 여자 하나였다. 남자 하나는 30대였지만 나머지 두 사람은 50대로 보였다.

"안녕하세요?"

민규가 다가가 인사를 했다.

"아, 셰프님이세요?"

안경을 낀 여자가 고개를 들었다. 미소가 푸근했다.

"네. 정성껏 모시겠습니다."

"아뇨. 여기 궁중요리가 굉장하다고 해서 왔어요. 하지만 셰프는 굉장히 젊으시네요?"

"예……."

"궁중요리는 어디에서 배우셨나요?"

"한식, 중식, 일식 등을 배우다가 꽂혀서 주로 옛날 요리서를 보며 배웠습니다."

"오늘은 뭐가 되죠?"

"오골계가 좋은 게 와 있는데 황기오골계백숙이 어떻겠습니까? 거기에 대추설기와 송고병, 도행정과를 올리고 오죽오매차를 곁들이면 좋을 것 같습니다."

"그거 말고 궁중가괄운은 어때요?"

"소고기가 괜찮으시다면 가능합니다."

"그럼 가괄운에 궁중탕평채, 궁중익비병, 도행정과가 좋겠네요. 차는 셰프가 알아서 추천하시고요."

"알겠습니다."

오더를 받고 물러났다. 그런 다음 물 두 잔씩과 말린 과일을 세팅해 주었다. 물은 기본으로 많이 내는 요수와 정화수 세트였다.

"비위를 보하고 식욕을 당기게 하는 약수입니다. 이쪽 물은 음을 보하는 약수이니 천천히 음미하시면 좋습니다."

설명과 함께 솔 향을 은은히 피워주었다.

"그건 왜 피우죠?"

여자가 물었다.

"약선요리를 하다 보니 체질을 고려하게 됩니다. 세 분이 화형과 금형이라 향내나 화한 냄새에 친화적이라 피웠습니다. 몸이 안정되고 식욕에도 도움이 될 것입니다."

"셰프가 굉장히 친절하시네요."

여자가 웃었다.

"우와, 궁중가괄운 하세요?"

메뉴를 본 재희 눈이 휘둥그레졌다.

"가괄운 공부했어?"

"그냥 책으로만요."

"레시피 외워봐."

"불론저장대 절작십육조……."

"한글로."

"소고기, 돼지고기, 노루고기 등 어느 것이나 16조로 썰어놓고 막걸리 한 잔과 진한 초를 작은 잔으로 한 잔, 시래기 약간과 흰 소금을 4냥쯤 섞어 약한 불로 끓여낸다. 초가 마를 때까지 끓여내면 그 맛이 끝내주게 달콤하다."

"여기서 백염이란?"

"헤에, 하얀 소금요?"

민규 질문에 재희가 오들거렸다. 자신이 없는 것이다.

"백염은 하얀 소금이라기보다 곱고 깨끗하게 만든 소금이라는 뜻으로 보면 돼. 좋은 요리를 하려다 보니 좋은 재료를 쓰게 된 거지."

"네……."

"그럼 가괄운의 어떤 의미가 있는 요리일까?"

"막걸리가 한 잔이나 들어가니 술국?"

"술의 기운을 빌리는 것도 틀리지는 않겠지. 하지만 술과 초를 이용해 고기와 시래기의 소화 흡수를 쉽게 하려는 게 목적이야."

"그럼 초가 다 날아갈 때까지라는 건 얼마 정도예요?"

"용기나 불의 세기에 따라 다르겠지. 옹기나 토기 등의 뚝배기 종류라면 대략 1시간?"

"아하, 1시간."

재희는 메모를 하며 질문을 이었다.

"그럼 도행정과는요? 이건 못 들은 건데……."

"도와 행은 알지?"

"도는 복숭아, 행은 살구요."

"가서 골라 와. 복숭아 세 개에 살구 여섯 개."

"알겠습니다아."

재희가 뛰었다.

재료가 준비되자 민규 손이 시스테믹하게 움직이기 시작했다. 가괄운도, 궁중탕평채도, 도행정과도 모두 손이 많이 가는 요리였다. 하지만 재희가 보기에는 그저 한 요리를 하는 것만 같았다. 모든 과정은 자연스러웠고 시간의 경과에 맞춰 착착 진행되고 있었다.

바로 그때 중년 여자가 주방으로 슬며시 들어섰다.

"셰프님."

재희가 민규의 주의를 환기시켰다.

"주방이 참 간결하네요. 구경 좀 해도 되나요?"

"그러시죠."

민규가 답했다. 주방에 관심을 보이는 사람은 처음이 아니었다.

"그런데 식재료는⋯⋯."

여자의 시선이 채소와 과일 등을 스캔했다. 허우대만 멀쩡한 것들이기에 재희와 종규의 연습용이 될 판이었다.

"재료가 싱싱하고 좋네요."

그녀의 시선이 민규가 골라낸 B급 재료에 꽂혔다.

"어, 오늘 재료는 이쪽입니다. 그것들은 모양만 반듯하지 고유 성분이 좀 약해서 골라낸 거거든요."

"그래요?"

여자의 고개가 갸웃 돌아갔다. 아무래도 허우대 쪽이 마음에 드는 눈치였다.

"이게 더 좋아 보이나 봐요."

재희가 B급 재료를 가리켰다.

"손님 눈에야 그렇게 보일 수도 있지. 하지만 양심을 속이면 되겠어?"

민규의 신경은 막걸리에 있었다. 가괄운에는 막걸리가 중요했다. 하지만 여러 막걸리 중에 민규 눈높이에 맞는 게 없었다. 별수 없이 양기를 더하고 경락을 여는 열탕을 한 방울 더해 부족한 부분을 메웠다. 좋은 막걸리가 아쉬워지는 순간이었다.

'탕평채⋯⋯.'

여기서는 당근이 마음에 걸렸다.

당근!

잠시 주저했지만 그냥 재료에 넣었다. 꼭 필요하다는 판단 때문이었다.

복숭아와 살구 속살이 건조기에서 말라가는 동안 요리를 내주었다.

―궁중가꽐운.
―궁중탕평채.
―궁중익비병.

세 가지 상차림이었다.

가꽐운에서 푹 익어 나온 시래기와 소고기 살점이 풍미를 피워 올렸다. 탕평채의 색감 역시 보슬보슬 익어 나온 고기와 채소가 잘도 어울렸다. 마지막으로 내려놓은 익비병의 자태는 황홀할 수준이었다. 삽주잎 위에 장식한 당근은 용의 형상. 하얀 익비병 옆에서 기막힌 포인트가 되고 있었다.

"세 가지 요리 전부 궁중요리의 기본을 충실히 반영했습니다. 편안히 즐기십시오."

민규가 물러섰다. 도행정과 요리가 남은 까닭이었다.

"셰프님."

잠시 후에 재희가 주방으로 들어섰다.

"왜? 손님들 옆에서 시중들지 않고."

"그게 아니고… 저분들 좀 이상해요."

응?

이상하다고?

"뭐가?"

"셰프님, 김선달의 밥도둑집이라는 프로그램 아세요?"

"좋은 식당 찾아다니는 프로그램?"

모를 리가 없었다. 대한민국 요리사라면 누구나 안다. 미슐랭은 아니지만 아시아의 미슐랭 정도는 되는 정통요리 프로그램이었다.

"이거 한번 보세요."

재희가 핸드폰을 내밀었다. 거기에는 그 프로그램의 김선달 피디 얼굴이 있었다.

"응?"

민규가 고개를 들었다. 지금 앉아 있는 세 사람, 그중에서 가장 나이 어린 남자의 얼굴이었다. 어디서 본 사람 같더라니……

"문득 그 프로그램이 생각나서 검색해 봤더니 그 사람이에요. 똑같죠?"

재희 생각도 민규와 닮아 있었다.

"그렇네?"

"아무래도 우리 가게를 프로그램에 소개하려고 온 것 같지는 않아요."

"그건 또 왜?"

"아까도 보세요? 주방 감시하는 거 같잖아요. 요리도 먹는
게 아니라 파헤치는 거 같아요. 제가 슬쩍 봤더니 앞에 앉은
두 사람이 가괄운 내용물을 하나하나 건져서 뜯어보고 잘라
보고… 탕평채도 다 흩어놓고… 익비병 역시 찹쌀의 두께와
대추고를 낱낱이……."

"그래?"

"기분이 이상해요. 마치 흠잡으러 온 사람들 같다고요."

"흠이라……."

민규가 잠시 손을 멈췄다.

김선달의 밥도둑집.

먹방 프로그램이 홍수를 이룬 지금에 유일한 정통요리채
널이었다. 다른 먹방과는 달리 맛의 기원을 찾아간다. 반대로
맛집으로 소문난 식당의 저격수이기도 했다. 덕분에 인기 가
도를 달리는 맛집도 생기고 망하는 맛집도 생겼다. 방송의 위
력이었다.

"어쩌죠?"

재희가 울상을 지었다.

"뭘 어째? 자기들이 시킨 요리, 뜯어 먹든 썰어 먹든 마음대
로지."

"세프님."

"이거 한 잔 마시고 편안히… 그냥 오늘 온 손님들 중의 한 테이블이야."

"……"

재희에게 마음을 안정시키는 방제수 한 잔을 내주고 도행 정과 마무리에 들어갔다. 복숭아와 살구가 원하는 만큼 말라 나왔다. 준비한 생강과 꿀에 섞어 약불로 끓여냈다. 재료가 식기 전에 젓가락을 이용해 모양을 잡았다.

복숭아는 모란꽃, 살구는 동백 모양으로 말았다. 복숭아 잎 사귀와 살구 잎사귀를 깔고 그 위에 올리니 색감이 기가 막 혔다. 생밤 실채를 꽃 중앙에 꽂으면서 요리를 끝냈다. 데코레 이션은 호박꽃으로 오려 만든 봉황을 놓았다. 요리는 한 편의 판타지처럼 보였다.

"도행정과입니다."

민규가 후식과 차를 내려놓았다. 재희 말 때문인지 테이블 의 분위기는 좀 어색해 보였다. 두 중년의 표정이 굳어 있는 것이다.

"셰프."

그때까지 한마디도 않고 있던 중년 남성이 입을 열었다.

"이 요리들 말입니다. 가괄운과 탕평채, 익비병……."

"예."

"이 가괄운은 궁중 원방으로 끓여낸 겁니까?"

"그렇습니다."

"탕평채도요?"

"그렇습니다."

"제가 실은 궁중요리를 연구합니다만."

남자가 셀프 자백을 하고 나왔다.

"……"

"가괄운은 일종의 찜 요리죠. 고전 '요록'의 레시피를 보면 어느 고기든 16조로 썰어놓고 약간의 시래기와 막걸리, 초를 넣어 자작하게 끓여내는……"

"예."

"하지만 소고기는 16등분이 아니더군요. 여기 유 여사님 쪽은 24등분, 내 것은 18등분, 우리 김 선생님 쪽은 12등분… 시래기 역시 원전에 비해 양이 많아 보입니다만."

"……"

"나아가 탕평채 말입니다. 이건 궁중이라는 말을 쓸 수 없는 지경입니다. 무엇보다 당근 때문이지요. 조선 시대 궁중요리에는 당근이 쓰이지 않았습니다."

"……"

"익비병 역시 다른 게 있더군요. 궁중요리라면 닭의 근위, 즉 똥집가루가 들어가야 하는데 이건 다른 재료가 섞였습니다."

"하신 말씀이 다 맞습니다."

민규가 답했다.

"다행히 수긍을 하는군요. 그만들 가시죠."

한 건 올렸다는 듯 미소를 머금은 남자가 일어섰다. 그 걸음을 민규 목소리가 잡아 세웠다.

"혹시 약선에 나오는 승강부침(升降浮沈)이나 이류보류(以類補類)라는 말을 아시는지요?"

"……?"

남자가 돌아보았다. 일어서던 두 사람도 함께 시선을 돌렸다.

"승강부침과 이류보류?"

중년 남자의 미간이 살포시 구겨졌다.

승강부침은 약재나 식재료가 사람 몸에 들어갔을 때 일어나는 서로 다른 작용을 뜻한다. 약선에서는 이를 감안해 식재료를 더하거나 빼는 조절을 하고 있었다.

이류보류는 오장이 나쁠 때 동물의 오장으로 정기를 보충할 수 있다는 약선의 이론이었다.

"궁중요리가 다 약선에 가깝다는 건 알고 계시겠지요. 말하자면 제가 올린 요리는 약선으로써 황제나 왕의 건강을 위해 올린 요리입니다만."

"장식으로 올려놓은 용과 봉황 모양 말입니까? 그건 훌륭하더군요. 하지만 장식이 요리 자체는 아니니까요."

"그렇다면 궁중요리의 레시피는 불변이라는 말씀일까요?"

"무슨 말이오?"

"세 분은 각기 다른 체질을 가지고 있습니다. 소고기의 등분이 다른 건 각자의 비위장 상태가 다르기 때문이었습니다. 조금 더 약한 여사님 쪽은 칼질을 많이 넣어 소화를 도왔고, 그렇지 않은 젊은 분께는 칼질을 덜 넣어 씹는 맛을 살렸습니다. 궁중에서도 고려대나 조선대나 다 같이 왕의 취향이나 건강 상태에 따라 그렇게 한 것으로 알고 있습니다만."

"당근은요?"

"탕평채에 들어간 당근 말씀입니까?"

"그렇소. 내가 조선왕조의 요리서와 의궤 문헌을 모두 섭렵한 사람이지만 당근을 식재료로 사용했다는 자료는 없습니다. 그 어디에도."

"저도 알고 있습니다."

"안다고요?"

"당근을 넣은 것은 두 분이 토형에 속하기 때문이었습니다. 비위장은 노랑에 속하니 실리를 살리고 형식을 버린 것이죠. 그 또한 승강부침에 속합니다만."

"익비병도 그렇다고 할 요량이시군?"

"맞습니다. 익비병에 섞어 넣은 건 닭과 오리의 위장과 비장이었습니다. 함께 가루를 내서 섞었죠. 그 또한 토형 체질의 비위 허실을 강화하기 위한 이류보류의 일환이었습니다."

"잘도 둘러대시는군."

"제가 둘러대는 건지 아닌지는 세 분이 잘 알지 않습니까?"

"그건 또 무슨 소리요?"

"거기 두 분, 개기름이 번들거리고 입술이 잘 헐지 않습니까? 지금 코 주변을 닦아보시죠."

민규가 냅킨을 내밀었다. 남자는 거부감을 보였지만 여자가 냅킨을 사용했다.

"……!"

냅킨을 본 여자의 시선이 흔들렸다. 매번 누렇게 닦여 나오던 개기름이 거의 없었다. 그걸 본 남자도 냅킨으로 코 주변을 닦아냈다. 그의 표정도 여자와 다르지 않았다.

개기름이 묻어 나오지 않았다.

"궁중요리는 책을 지은 사람이 하나의 줄기를 적은 것입니다. 그래서 매 요리서마다 차이를 보이기도 하지요. 그러니 정통궁중요리라 함은 고서적에 나오는 것만이 진리가 아니라고 봅니다. 조선 요리법의 전신인 고려에서도 그랬습니다. 공민왕과 우왕, 창왕, 공양왕 등 왕은 물론이오, 그 왕족들에게 지어 올리는 궁중요리는 그 사람의 체질과 건강 상태에 따라 달랐습니다. 그런데 공민왕의 숙수가 쓴 글과 공양왕의 숙수가 쓴 레시피가 다르다고 해서 가짜라는 건 위험한 견해 아닙니까?"

"궤변이오. 그렇게 멋대로 해석하면 원형이라는 게 무슨 소용이란 말입니까?"

"그렇다면 선생님은 왜 조선왕조에서 당근을 쓰지 않은 줄 아십니까?"

"그건 음양오행 사상 때문이오. 조선왕조는 음양오행의 양생론을 신봉했기에 쌀을 주식으로 하는 상황에서 당근의 붉은색이 흰색을 상극하기 때문에 꺼린 것입니다."

"것입니다가 아니라 그럴지도 모른다겠죠?"

"⋯⋯?"

"역사를 누가 단정할 수 있습니까? 몇십 년 전까지만 해도 정설이던 것이 다른 자료가 나오면 뒤집히는 세상입니다. 조선왕조의 입장에서 보면 음양오행이겠지만 당근은 황금색이라 중국을 상징하니 중국을 의식해 왕의 수라상에 올리지 못했을 수도 있습니다."

"⋯⋯?"

"그러나 그 당근, 고려왕조에서는 수라상에 올랐습니다. 반원자주개혁을 부르짖던 공민왕 때 말입니다."

"무슨 근거로 그런 말을?"

남자 시선이 민규를 겨누었다.

그 숙수가 내 전생이니까.

직접 당근이 들어간 수라상을 공민왕에게 올린 그 권필이⋯⋯.

민규 입안에서 말이 맴돌았다.

머릿속에는 고려 말기의 궁중요리들이 가득했다. 그 요리들은 조선 숙종대 이후와 확연히 달랐다. 하지만 그 역시 역사서에 전하지 않은 일. 차분한 이성으로 화제를 돌렸다.

"아니라는 근거도 없지 않습니까? 당근은 원나라 시기에 중국으로 전해졌으니 불가능할 것도 없습니다. 당시 원나라는 고려왕조와 교통이 많았으니까요."

"……."

"수라상이라는 말도 거기서 비롯되었고 탕 같은 음식에 소의 내장이 사용되는 것도 그렇지 않습니까?"

"……."

"나아가 궁중요리의 원형을 말씀하신다면 저 조명도 용촉으로 바꾸고 테이블은 진작탁(進爵卓)으로 모셔야 했겠죠. 술잔은 오정배를 갖춰야 하겠고 술병은 일월병으로 하리까? 아니면 서배로 하리까?"

조용한 민규의 목소리. 그러나 그 안에는 카리스마가 가득했다. 용촉은 용무늬가 그려진 초를 이른다. 용무늬가 있으니 궁중에서 사용했다. 진작탁은 임금에게 술잔을 올릴 때 쓰던 탁자요, 오정배는 궁중에서 잔치를 벌일 때 내외빈의 테이블에 올리던 잔들. 나아가 일월병은 왕에게 술을 올릴 때 쓰던 술병이고 서배는 그 술을 올리던 술잔이었다.

"……!"

"요리의 원형을 제 마음대로 바꾸었다 하여 궁중요리가 아니라 하시니 그렇다면 궁중요리의 기원이 무엇인지 묻고 싶습니다. 궁중요리야말로 약선 자체가 아닙니까? 이는 고려 고종대에 편찬된 향약구급방 이래로 꾸준히 전하는 지침입니다만."

"나이를 보니 이제 갓 약선요리에 입문한 것 같은데 마치 권위자라도 된 양……."

중년 남자가 인상을 찡그렸다.

"그럴 듯한 타이틀은 없지만 궁중요리와 약선요리에 대해서는 할 만큼 공부했습니다."

"그럼 사람이 눈가림 식재료를 쓴단 말인가요?"

지켜보던 여자가 끼어들었다.

"눈가림이라뇨?"

"아까 주방에서 봤어요. 좋은 식재료는 눈에 보이는 곳에 두고 실제로는 흠집 가득한 식재료를 쓰는 걸."

"주방을 엿본 이유가 그것이었군요?"

"손님은 자기가 먹는 음식의 재료를 볼 권리가 있는 것 아닌가요?"

"재희야!"

민규가 재희에게 신호를 보냈다. 그러자 재희가 두 부류의 식재료를 가지고 나왔다. 민규가 실제 요리에 쓴 재료와 허우대만 멀쩡해서 골라놓은 B급 재료였다.

"맛을 보시죠. 어느 쪽이 더 맛난 것인지? 저는 약선요리를 하기에 식재료의 맛을 잘 간직한 것들만 골라서 요리를 합니다. 크기와 겉모양은 중요하지 않으니까요."

민규가 재료를 내밀었다.

"요리에 있어 재료의 품질은 중요해요. 그리고 그 품질은 다른 사람이 공감할 수 있는 수준이어야 하고요."

여자는 재료를 외면한 채 반론만 펼쳤다.

"그러게 맛을 보라는 것 아닙니까? 야생이나 초자연산은 외양과 달리 본연의 맛이 좋아 대량생산 재료와는 비교가 되지 않습니다."

"보기 좋은 게 먹기도 좋은 거요. 엉뚱한 논쟁은 그만하고 그렇게 자신만만하면 조선왕실의 음식 부서에 관련된 관청과 구체적인 직무를 말해보시오."

남자가 협공에 가세했다.

"그렇게 시험하고 싶다면 아예 콕 집어서 질문을 하시죠. 세 가지 정도는 무엇이든 받아들이겠습니다."

민규는 끌려가지 않았다. 사옹원과 내시부, 내명부에 이르는 제도와 업무에 대해 말하자면 끝이 없을 판이었다.

"말하는 걸 보니 사옹원이나 내시부 정도는 알 듯한데 그렇다면 대전과 왕비전의 주방장 이름은 무엇입니까?"

"재부이며 종6품입니다."

"부주방장은요?"

"선부이며 종7품입니다. 질문을 좀 더 빨리 해주시면 고맙겠습니다."

"조리사는?"

"조부와 임부, 팽부라 하며 종8품에서 종9품까지입니다."

"그렇다면 밥 짓는 노자는?"

"반공입니다. 고기를 다루는 노자는 별사옹이오, 상 차리는 사람은 상배색, 생선을 구우면 적색, 두부를 만들면 포장, 차를 끓이면 다색, 떡을 만들면 병공, 물을 길어 오는 자는 수공이라 했습니다."

"……!"

민규의 달변에 놀란 남자, 더는 질문을 하지 못했다.

"궁중은 된 것 같으니 약선으로 갈까요? 동의보감부터 시작할까요? 아니면 황제내경이나 본초강목으로 시작할까요?"

민규가 남자를 쏘아보았다. 그의 다리가 후들거리는 게 보였다. 남자가 넘볼 클래스가 아니었다. 무엇으로도 태클을 걸 수 없는 상대. 그게 민규였던 것이다.

"세 분, 방송국에서 나오셨죠?"

폭주를 끝낸 민규가 돌직구를 날렸다.

"……!"

중년 남자가 하얗게 질리는 게 보였다.

"솔직히 저희 집에 어떤 목적으로 오셨는지는 모르겠습니다. 하지만 좋은 의미로 오신 것 같지는 않군요."

"……."

"어쨌든 이 한 가지는 알아주셨으면 합니다. 저는 궁중요리를 하고 약선요리를 합니다. 형식도 중요하지만 가장 중요한 건 맛과 실리입니다. 세상이 변하듯 약선도, 궁중요리의 형식도 변하죠. 하지만 맛은 변하지 않습니다. 그런데 당신들은 오늘 전자만 확인하고 후자는 제대로 확인하지 못했지요? 먹으라는 요리를 꺼내 헤쳐보고 발라보고 했으니 요리 맛이 있을리 없었을 겁니다."

"……!"

"궁중요리만을 위한 토론이나 대화라면 언제든 환영합니다. 제가 그 분야의 전문가 타이틀은 없지만 약선의 기원이나 식재료의 과정을 통해 알 만큼은 알고 있으니까요. 다만, 요리사 앞에서 먹는 목적이 아니고 의심할 목적으로 요리를 난장을 만드는 일은 삼가주시길 요청합니다. 그건 제 요리에 대한 모욕입니다."

"……!"

"그럼 계산하시죠."

민규가 세 사람을 겨누었다. 이런 인간들에게는 단 한 푼도 깎아줄 생각이 없었다.

중년의 남녀는 완전하게 압도되어 말문을 잇지 못했다. 나이 어린 궁중요리사. 네까짓 게 뭘 알겠어. 격조 높은 이론으로 뭉개놓으려던 중년 남녀. 그러나 민규의 위엄에 막혀 버벅버벅 진땀만 흘릴 뿐이었다.

"실례가 되었다면 죄송합니다. 저희가 워낙 맛집의 요리 기원에 대해 관심이 많다 보니."

사과는 김 피디가 했다. 계산도 그가 했다.

"형!"

세 사람이 떠나자 종규가 걱정스러운 표정을 지었다.

"왜?"

"괜찮을까? 어쩌면 가방 속에 몰카가 있었을지도 모르는데……."

"있으면?"

"저 프로그램 검증에 찍혀서 망한 식당이 한둘이 아니야. 맛집에 선정하려고 갔더니 이런 게 나쁘더라. 저런 게 속임수더라. 부정적인 것만 부각시켜서 언급하면……."

"종규야."

"응?"

"너 옥탑방에서 아플 때 생각나냐?"

"그건 왜?"

"그때 무슨 생각했냐?"

"몸만 안 아프면 거지로 살아도 좋겠다?"

"그랬지?"

"응."

"그럼 뭐가 겁나냐? 우리가 죄를 지었어, 아니면 식재료를 속였어? 궁중요리는 내가 전문이야. 적어도 대한민국 궁중요리는."

민규가 잘라 말했다. 한 치의 부끄러움도 없는 말이었다.

"알았어."

종규가 머리를 긁적이며 돌아섰다. 종규에게 있어 민규의 말은 절대적이었다.

종규가 주방으로 돌아온 건 한참 후였다. 재희와 함께 좃바디를 재현하던 민규가 질책을 날렸다.

"어딜 싸돌아다니냐? 전화도 안 받고."

"미안."

"이게 좃바디라는 거다. 한문으로는 추봉지(追奉持)."

민규가 쟁반을 가리켰다. 은빛 접시에 숟가락과 젓가락, 사발에 국, 은바리에 밥, 접시 하나에 다섯 종류의 모듬 고기구이가 보였다.

"좃받이?"

"발음 똑바로, 좃바디!"

"미안……."

종규가 머리를 긁자 재희가 얼굴을 붉혔다. 어감이 아름답지 않은 건 사실이었다.

"영접도감의궤에 나오는 구성으로 중국 사신에게 올린 상차림이다. 좃바디는 받들어 올리는 음식이라는 뜻이니 기억해 둬라. 궁중요리하면 알아두어야 할 용어고 약선요리 대회라도 나가면 출제될지도 모르니 한번 살펴보고 먹자."

"우리가 먹을 거야?"

"그럼. 잘 먹어야 일도 많이 하지."

"헤헷, 역시 형."

"어디 갔다 왔냐?"

숟가락을 든 민규가 물었다.

"저 위에 차 약선방."

그 말에 민규가 고개를 들었다.

"실은 아까 다녀간 사람들 말이야, 차만술의 농간인가 싶어서."

"차만술?"

"거기 요즘 파리만 날리잖아? 홈페이지에 전 메뉴 30% 할인 행사라고 배너까지 달았더라고. 그래서 우리 밟으려고 지인 동원해서 해코지하려나 싶어서……."

"결론은?"

"그건 아닌가 봐. 똥 씹은 얼굴로 파리나 쫓으면서 있는 걸 보니……."

"밥 먹자."

민규가 고기를 밀어주었다. 폐에 좋은 오리고기와 막창, 허파구이 등이었다.

차만술.

이름을 듣는 순간 민규도 혹시나 싶었다. 하지만 아닌 것 같다니 다행이었다. 김선달 프로그램의 수작은 그다음에 온 손님에게서 밝혀졌다.

"셰프님!"

허파를 씹던 재회가 목 넘김을 멈췄다. 마당에 들어선 외제 차 때문이었다. 하얀 외제 차에서 하얀 천사가 내렸다. 톱스타 우태희였다. 그녀는 뜻밖에도 어머니와 함께 들어섰다.

"어서 오세요."

민규가 그녀를 맞았다.

"식사 중이시네요?"

우태희가 테이블을 보며 물었다.

"예… 손님을 치르다 보면 식사 시간이 불규칙할 때가 많습니다."

"식사 방해해서 미안해요."

"아닙니다. 그런데 예약도 없이……."

"식사를 하러 온 건 아닙니다."

"그럼?"

"셰프님, 고맙습니다."

묻는 사이에 어머니가 허리를 숙여왔다.

"……?"

"저도 고마워요. 정말 감사합니다."

우태희의 허리도 더할 수 없이 접혔다.

"무슨 일이신지?"

"홍설아 아시잖아요? 얼마 전에 같이 와서 식사를 했잖아요."

"네……."

"그때 돌아가면서 홍설아가 기분 나쁜 말을 했어요. 셰프님이 저한테 병이 있는 것 같다 했다고."

'아!'

그제야 감이 왔다. 우태희, 병원에 다녀온 모양이었다. 그리고, 그 결과가 민규의 예측과 맞은 모양이었다.

"처음에는 화가 났는데 곰곰 생각해 보니 자궁 있는 쪽에 쩜쩜함이 있었어요. 마침 저희 어머니가 강희한의대학병원 이규태 박사님을 아시는데 거기 상담을 하시더니 이 셰프의 말이라면 진단을 받는 게 좋을 것 같다고 해서 종합검진을 받았는데……."

"……."

"질과 자궁경부 경계선에 암이 생겼다는 거예요. 다행히 이제 막 시작한 거라서 제대로 치료하면 생식기나 임신에 별 이상이 없을 거라고… 그 정도 크기로는 현증도 별로 없었을 텐데 발견하게 된 건 하늘이 도운 거라고 하세요."

"다행이네요."

"어제 들은 낭보예요. 하지만 제주도 광고 촬영과 드라마 스케줄이 있어 그거 마치자마자 달려왔어요. 어머니께서 이런 인사는 미루면 벌받는다고 말씀하셔서……."

"그러지 않으셔도 되는데……."

"아닙니다. 진심으로 감사드려요. 그날 제가 무례했던 것도… 방송국에서 박세가 선생님을 뵈었는데 제가 셰프님 이야기를 했더니 바탕도 없는 사기꾼으로 몰더군요. 그분 부친이 친일 논란이 있는 분이라고 해도 저는 인품을 믿었는데 그때 보니까 인격이 드러나더라고요. 온화한 듯하던 표정은 간데 없고 노인의 독선과 아집만 가득한 거예요. 제가 사람을 잘못 봤더군요."

"……."

"그분 말만 믿고 선생님을 무시했더라면… 생각만 해도 끔찍해서 제가 추천하려던 요리 프로그램 자문 역을 없던 일로 해버렸어요."

"……."

"그동안 그분이 하는 진미황실요릿집을 홍보하고 다녔는데 대신 선생님 요리를 추천하고 싶어요. 제가 아는 사람들에게 선생님의 진짜 설야멱을 알려 드리고 싶어요. 다른 아름다운 요리들도……."

"저기 혹시……."

민규, 뇌리에 스쳐 가는 게 있어 말문을 열었다.

"말씀하세요."

"혹시 그 박세가라는 분, 오래 만나셨나요?"

"꽤 되는데요. 왜요?"

"혹 주변 사람 중에……."

민규가 중년 남녀 둘의 인상착의를 말해주었다. 마음에 걸리는 게 있는 까닭이었다.

"그분 수제자 중에 그런 여자가 있어요. 그분도 제 주선으로 김선달 요리 프로그램 검증 전문가로 나오는데요?"

"그렇군요."

"무슨 일이 있으셨나요?"

"그게……."

"아까 그분들이 김선달 피디님하고 같이 오셨었어요."

종규가 대뜸 끼어들었다.

"여길요?"

"요리를 시키고는 잘근잘근 씹다 가셨어요. 아마 우리 요리 흠을 잡은 다음 프로그램에서 언급을 할 작정이었던 것 같아요. 우리 셰프님에게 개박살이 나서 가기는 했지만."

"어머, 세상에!"

"그건 우연일 수도 있으니 개의치 마십시오."

"아니에요. 잠깐만 기다리세요."

우태희가 전화를 뽑아 들었다. 그가 전화를 건 사람은 김선달 피디였다. 비로소 진실이 나왔다. 민규의 추측이 사실이었다.

박세가!

우태희와 대화를 한 후로 악재가 겹쳐왔다. 자문 역을 타진하던 방송국 프로그램에서 일제히 연락이 끊겨 버린 것이다. 그에게 돌아온 말은 간단했다.

"자문 역으로 검토한 건 사실인데 내부 방침이 바뀌었습

니다."

그는 궁중요리의 원조로 불리지만 그렇다고 시대의 아이콘인 우태희의 인기를 넘을 수는 없었던 것이다.

늙은 그는 골똘했다. 요리 자문 같은 건 안 해도 좋았다. 지금 하는 일만 해도 많은 까닭이었다. 문제는 자존심. 궁중요리의 원조로 추앙받는 프라이드에 금이 갔다. 원인을 수배하다가 우태희의 변심에 민규가 있음을 알았다.

"경을 칠!"

그는 격노했다. 당장 수제자 차영순에게 전화를 걸었다. 그녀가 출연하는 최고의 요리 프로그램을 통해 민규의 흠을 잡아 생매장하려고 했던 것. 그래서 차영순이 직속 후배 요리연구가와 함께 피디를 꼬드겨 찾아왔던 길이었다.

"뭔가 찜찜하다 했더니 그렇게 된 일이었군요. 어?"

"왜요?"

"우태희 씨……."

통화음과 함께 차량 소리가 들렸다. 민규와 우태희가 동시에 돌아보았다. 아까 돌아갔던 김선달의 차였다.

"김 피디님."

우태희가 피디에게 다가갔다.

"여기 계셨던 거예요?"

차에서 내린 피디가 핸드폰을 거두었다.

"당연하죠. 제 병을 콕 집어주셔서 큰 화를 면했다니까요."

"허, 이거……."

김 피디가 머쓱한 표정을 지었다. 민규가 보니 그의 손에 식재료가 들려 있었다. 민규가 아까 보여주었던 그 재료들이 었다. 논쟁하는 사이에 좋은 재료와 B급 재료를 집어 간 모양이었다.

"아, 이거 말입니다. 셰프님 가게 재료에요."

피디가 민규를 바라보았다.

"예……."

"아까 먹어보라기에 집어두었다가 가는 길에 맛을 보았습니다. 셰프님 말이 맞더군요."

"……."

"그러던 차에 우태희 씨 전화를 받았어요. 실은 저도 차영순 씨가 이 집을 콕 짚어서 고집을 부리길래 조금 찜찜하던 차였거든요. 그래서 스태프 동반 없이 방문을 한 거였고요."

"……."

"일이 이렇게 되고 보니 차영순 씨를 그냥 둘 수 없게 되었네요. 저희 프로그램에서 정리해야겠는데 좀 도와주시겠습니까?"

피디가 민규를 바라보았다.

"제가요?"

"예, 셰프."

"제가 뭘 어떻게?"

"자체 정리를 해보니 당신은 떠오르는 별이더군요. 음식 맛, 가치관, 궁중요리와 약선요리에 대한 해박함, 약선요리의 효과, 궁중요리의 재현력 등 모두 굉장합니다. 하지만 세상은 갑자기 등장하는 혜성에 대해 반감을 갖게 마련이죠. 바로 삐뚤어진 기득권 적폐들."

"……"

"보아하니 당신은 박세가의 적이 되었습니다. 그건 곧 박세가에 필적하거나 뛰어넘는 실력을 가졌다는 뜻일 수도 있겠죠. 그렇지 않다면 당대 최고이자 원조 궁중요리가로 알려진 그가 돌아보지도 않았을 테니까요."

"방금 원조라고 하셨습니까?"

"예. 세간의 평이 그렇습니다만."

"어떤 세간 말입니까? 그 자신이 주장하는 것을 당신들 방송에서 인증해 준 것 아닙니까?"

"……?"

"조선 대령숙수의 원조라면 당연히 이성계의 전속 숙수였던 이인수가 꼽혀야지요. 그는 중추원 벼슬까지 지냈으니 검증이 어려운 일도 아닙니다."

"……"

"제 말이 틀렸습니까? 조선 대령숙수의 원조라면서 조선을 개국한 시기부터 더듬어오지 않고 어째서 조선의 끝자락에서 원조를 논한단 말입니까?"

민규의 돌직구.

위력이 대단했다. 눈 깜짝할 사이에 꽂혀 버린 돌직구에 피디는 정신을 차리지 못했다.

"그렇다면 개인적으로 박세가 선생은 어떻게 생각하십니까?"

"어떻게 생각할까요? 그건 정통요리를 표방하는 피디님께서 더 잘 아실 것 같은데요? 그의 부친이 대한제국의 대령숙수였다지만 기록은 없다고 들었습니다. 게다가 대한제국은 굉장히 짧은 시기였고 열강의 부침으로 궁중요리 또한 혼란기였죠. 그럼에도 아버지의 후광으로 그 혼란한 요리를 이어받아 궁중요리의 원조로 군림하시는 박제가 선생⋯⋯."

"호의적이지 않군요. 그렇다면 모든 조건을 떠나 두 분은 완전한 적이 될 수 있는 조건을 갖추었군요. 격투기가 아닌 요리니 라이벌이라고 해도 될까요? 박세가 선생은 마땅치 않게 생각할 것 같습니다만."

"마땅치 않은 건 접니다. 비교하지 말아주십시오."

민규가 잘라 말했다. 그 말이 피디의 호기를 자극했다.

필링!

그게 벼락처럼 꽂힌 것이다. 민규는 피디의 생각보다 대물이었다. 친일 시비의 흠집을 가진 부친의 후계자라지만 궁중요리의 대가로 자리매김한 사람. 그런 그에게 기가 죽기는커녕 비교우위의 자세를 가진 열정의 젊은 셰프. 앵글에 둘을 욱여넣고 상상해 보니 초대박의 화면이 아닐 수 없었다.

매치.

아니, 배틀.

최고의 권위자와 최고의 신성이 충돌하면 어떻게 될까? 이건 어떻게든 붙여놓기만 하면 되는 싸움이었다. 매너리즘이 어쩌고 하는 상부의 질책도 날리고 초유의 시청률까지 확보할 수 있는……

"그렇기에 제가 차영순 정리를 도와달라고 한 겁니다."

피디는 슬슬 분위기를 고조시켜 나갔다.

"돌리지 마시고 핵심을 말씀하시죠."

민규는 끌려가지 않았다.

"좋습니다. 배틀 어떻습니까?"

배틀!

피디의 패가 나왔다.

"배틀이라고요?"

"그의 부친 박진국, 대한제국의 마지막 대령숙수라지만 사실은 그가 사옹원의 행정 관료였다는 말도 있죠. 그러나 셰프님 말대로 대한제국은 제국 말기의 혼란 때문에 기록이 남아 있지 않습니다. 어쨌든 그는 친일자본가의 자본을 등에 업고 한국에서 두 번째로 큰 궁중요릿집을 만들어 대성을 했습니다. 그 요릿집이 일제 자본가와 군부의 구심점이 되어 한국 독립운동가 탄압에 영향을 준 것도 사실입니다. 그러나 그는 정재학계와 거리가 먼 요리사였지요. 인적 문제도 다 청산하지 못한 대한민국이기에 '요리' 역시 청산하지 못했습니다. 아니, 오히려 박진국의 후광을 이어받은 박세가 선생은 궁중요리 전수자로 현대에 이르러 최고의 전성을 맞이하고 있지요. 이제는 시비의 기억마저 희미해져 그의 부친 박선국이 대령숙수였는지 친일파의 하나였는지도 문제가 되지 않는 시점입니다."

"피디님이 하셨어야죠."

민규의 돌직구가 또 날아갔다. 그의 프로그램은 정통요리의 기원을 찾고 있었다. 그럼에도 이미 아성을 이룬 진미황실 요리점을 해부하지 않고 있었다.

"그것도 셰프께서 도와주십시오."

피디도 간단히 무너지진 않았다. 그도 내공이 있었다.

"뭘 말입니까?"

"제가 피디로서 논란이 되는 사실을 건너뛰고 간 건 사실입니다. 비겁한 이유가 있었죠. 박세가를 해부하려면 증명이 뒤따라야 할 텐데 기록도 증인도 없었습니다. 박세가 선생의 대척점에 변재순 선생이 있지만 그 선생은 순수하게 요리밖에 모르는 분이라 학계 활동이나 논쟁에 서는 걸 싫어하시니까요."

"……"

"그러니 셰프께서 박세가 선생의 아성이 모래성이었다는 걸 증명한다면, 그걸 기회로 박세가의 허상을 해부하는 것도 가능할 것 같습니다만⋯⋯."

"⋯⋯."

"어떻습니까? 셰프라면 박세가와 세기의 요리 대결 한판을 벌일 수 있습니다. 20세기 최고의 궁중요리사와 21세기 최고의 궁중요리사⋯ 셰프가 궁중요리로써 박세가를 무너뜨려 준다면 그의 오른팔로 불리는 차영순을 우리 프로그램에서 해촉하겠습니다. 그렇게 되면 박세가 사단의 몰락은 필연일 겁니다."

"박세가 선생이 나하고 배틀을 벌이겠답니까?"

"그 판은 내가 책임지고 깔아드리죠."

"그가 뭐가 아쉬워서 그런 이벤트에 응하겠습니까?"

"그건 이 셰프가 관여할 일이 아닙니다만."

피디의 눈빛은 어느새 민규와 닮아가고 있었다. 승부처를 아는 사람이었다.

"그리고 그들의 자리는 셰프에게 넘겨 드리겠습니다. 당장 우리 프로그램의 전문 검증단 멤버도요."

"피디님."

민규의 시선이 피디를 겨누었다.

"다른 사람의 자리를 차지하기 위해 요리를 하지는 않습니다. 그러나 박세가 선생과 요리 대결을 붙여준다면 그건 응하겠습니다. 그의 부친이 진짜 대령숙수였는지, 그 요리 기예를 제대로 물려받았는지는 궁금하니까요."

"허락하신 겁니다?"

"예."

"좋습니다. 그럼 일단 차영순에게 먼저 해촉 카톡을 보내겠습니다."

"지금 당장요?"

"대결이란 공평해야죠. 우리 프로그램 전문 검증단이라는 타이틀은 셰프에게 위해가 될 수도 있거든요. 박세가의 날개를 다 잘라내고, 새로운 조건으로 맞짱 뜨는 조건을 만들겠습니다."

김선달은 즉석에서 해촉 메시지를 띄웠다.

[다음 회차부터 전문 검증단 출연진을 교체하게 되었습니다. 그동안 수고 많으셨습니다.]

전격 해촉 통보.

차영순에게는 청천벽력이 될 일이었다.

"보시죠."

피디가 카톡 창을 보여주었다. 차영순의 안달복달 답문이 이어지고 있었다.

[피디님, 무슨 일이죠?]

[차영순입니다. 이유를 알고 싶습니다.]

[피디님, 아무래도 무슨 오해가 있는 것 같습니다만.]

피디님, 피디님.

차영순의 대화는 저 혼자 길게 쌓여갔다.

"추진력이 대단하시군요."

민규가 웃었다. 아까 일을 생각하면 시원한 정화수 한 잔을 넘긴 기분이었다.

"이제 박세가 선생이 후끈 달아오를 겁니다. 길게 끌 거 없이 곧 녹화장으로 두 분을 모시겠습니다. 괜찮겠습니까?"

"기왕이면 오후 시간으로 잡아주십시오. 저희 예약 손님에게 지장이 없도록."

"그 또한 반영해 드리죠."

피디가 인사를 하고 물러났다.

"셰프……."

우태희는 넋이 나간 모습이었다. 세상은 나비효과라더니 너무 엄청난 사건으로 비화가 되어버린 것이다. 게다가 박세가는 궁중요리의 최고봉. 민규의 실력이 대단하다지만 아무래도 불안한 우태희였다.

"제가 너무 무리했나요?"

민규가 담담하게 물었다.

"그건 잘 모르지만 박세가 선생은……."

"우태희 씨, 미안하지만 어릴 때 우상이 누구였어요?"

"심은아 선배님?"

"그때 그분이 하늘처럼 보였죠?"

"네……."

"지금도 그런가요?"

"그건……."

"지금은 우태희 씨가 하늘이죠?"

"그렇게 말할 수는 없지만……."

"그 바탕에는 무엇이 있었을까요? 아마 우태희 씨의 연기력 아니었을까요?"

"……."

"요리도 마찬가지입니다. 좋은 요리사가 있지만 더 좋은 요리사가 태어나게 마련이죠. 한때의 전설이 역사 속의 영원한 승자가 되지는 않습니다."

"셰프……."

"기왕에 이렇게 되었으니 응원이나 해주십시오."

"그래야죠. 제가 저지른 일인걸요."

"아뇨. 제가 저지른 일입니다. 어쩌면 저의 사명이기도 하고요."

"사명?"

"만약 박세가 선생이 허튼 권위자라면 그걸 바로잡아야 하지 않겠어요? 한국 궁중요리의 미래를 위해서도."

"셰프……."

"게다가 이미 선전포고를 받은 상황입니다. 대한제국은 열강들의 침략과 수탈에 능동적으로 대처하지 못했지만 저는 그러고 싶지 않습니다. 궁중요리나 약선요리라면, 누구에게도 지고 싶지 않으니까요."

민규의 시선은 강철처럼 탄탄했다.

박세가 선생.

설령 친일파 시비와 대령숙수의 논란이 오해였다고 해도 상관없었다. 그렇다고 해도 그는 너무 오버하고 있다. 그의 부친이 대한제국의 대령숙수였다고 해도 그 경력은 짧았을 일. 그것으로 궁중요리의 교과서로 행동하는 건 지나쳤다. 그런 정도로는 고려 말기 여러 왕조의 건강과 안녕을 돌본 권필에게는 댈 것도 아니기 때문이었다. 게다가 약선의 최고 기반이 되는 초자연수 33은 물론 세 전생의 필살기까지 장착한 민규였다.

'박세가 선생……'

당신의 과욕이 잠자는 용의 역린을 건드린 거야.

민규의 눈에서 반짝이는 안광은 용의 눈빛을 닮아 있었다.

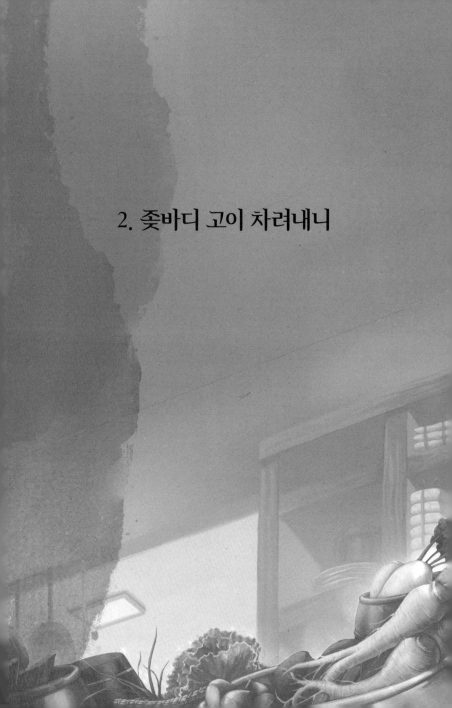

2. 좆바디 고이 차려내니

　화요일 아침, 비가 내렸다. 민규는 주방에서 차를 마시고 있었다. 새벽 장을 보러 간 종규와 재희는 아직 돌아오지 않았다.

　민규는 오늘, 새벽 장에 나가지 않았다. 게을러진 건 아니었다. 어제는 쉬는 월요일. 지방을 돌며 좋은 재료를 많이 구했다. 그렇기에 오늘은 새벽 장을 보지 않아도 예약에 문제가 없었다. 그래서 둘을 실습차 보낸 민규였다. 그동안 틈틈이 둘을 데리고 돌았던 새벽 장. 식재료를 보는 안목이 얼마나 발전했는지 알고 싶었다.

　스승과 제자.

그 흉내를 낼 생각은 없었다. 하지만 민규가 옆에 있는 것과 없는 것은 큰 차이가 난다. 온전히 둘의 능력만으로 좋은 재료를 골라야 하기 때문이었다.

마당으로 나와 화초를 정리했다. 우산이 거추장스러워 던져 버리고 비옷을 입었다. 연꽃 위에 올라앉은 빗물이 보기 좋았다. 저 빗물은 반천하수로 불리는 상지수일까? 허리를 굽혀 연꽃 위의 빗물을 모았다. 맛을 보지만 상지수는 아니었다.

땅에 닿지 않았다고 상지수가 될 수 없는 건 공해 때문이었다. 대기오염은 심각하다. 그러니 그 대기를 타고 내려온 물이 오죽할까? 하지만 그 빗물 속에서 피어난 연꽃은 상지수처럼 신성해 보였다.

문득 영감 같은 궁금증이 달려들었다.

언젠가 한번 초자연수를 다 섞어보았던 민규. 큰 비기 같은 건 찾지 못했다. 그런데, 만약 그 혼합에 어떤 조합이 있는 거라면? 1—2—3—4—5가 아니라 1—3—5, 5—4—3—2—1처럼……

주방으로 뛰었다.

종지 33개를 꺼내놓고 초자연수를 전부 소환했다. 모든 색을 섞으면 검은색이 된다. 모든 빛을 섞으면 흰빛이 된다. 어째서 그럴까? 어째서 모든 색의 합은 음이 되고 모든 빛의 합은 양이 되는 것일까?

네 개의 코스를 생각했다.

1) 이윤에게 받은 33 초자연수의 배열 그대로 조합.

2) 33 초자연수의 배열을 역순으로 조합.

3) 신성수에 속하는 물과 몸에 해로운 물의 조합.

4) 3)의 역순.

1)은 생략했다. 이미 해본 까닭이었다. 2)의 시작은 취탕에 동기상한수였다. 마지막은 마비탕과 반천하수가 되었다. 3)은 반천하수와 마비탕, 정화수, 열탕, 지장수, 방제수, 춘우수 등에 동기상한과 취탕과 섞었다. 4)는 3)의 역순이 되었다.

'어디…….'

세 잔의 물을 한 모금씩 마셨다. 2)는 1)의 물맛과 비슷했다. 하지만 3)은 달랐다. 경락이 확 열리는가 싶더니 몸이 아이처럼 가뜬해졌다.

'오호!'

새로운 발견이었다. 이는 마치 빛을 다 합치니 흰빛이 되는 것과 같았다. 기대감으로 4)를 마셨다.

"윽!"

목에 넘기기 무섭게 눈자위가 일그러졌다. 창자가 끊어지는 듯한 고통이었다. 재빨리 3)의 남은 물을 마셨다. 그랬더니 통증이 가라앉기 시작했다. 4)는 여러 색을 합치면 검정이 되는 쪽이었다. 과학 시간에 배운 염산과 물의 반응과 유사했다. 물에 염산을 넣으면 괜찮았다. 하지만 염산에 물을 넣을 때는 조심해야 했다. 자칫하면 폭발의 위험이 있었다. 즉, 신성수에 들어간 해로운 물은 신성수가 흡수하면서 활력이 되고 해로운 물에 들어간 신성수는 불화(不和)가 되며 성분 변화가 일어나는 모양이었다.

"후아!"

겨우 숨을 골랐다. 빗물로 피어오른 안개 속에서 이윤이 웃는 것만 같았다. 그는 물의 신비를 정복하기 위해 이런 고통을 얼마나 겪었을까? 그걸 생각하니 고통조차 고맙게 느껴졌다.

작은 실험의 보람이었을까? 물 종지를 치우다가 반가운 전화를 받았다. 번호가 복잡해 스미싱이나 보이스피싱으로 생각했지만 아니었다.

—셰프.

핸드폰에서 흘러나온 영어는 분명 아이즈먼의 것이었다.

"안녕하세요?"

민규가 반가이 답을 했다.

—잘 계십니까? 나 지금 코리아입니다.

"아, 한국에 오셨어요?"

—엊그제 들어왔습니다. 비즈니스 때문에 바빠서 연락을 못 드렸는데 아무래도 오늘은 꼭 연락을 해야 할 것 같아

서요.

"저희 식당에 오시게요?"

―당연히 가야죠. 셰프의 식당은 이미 내 마음에 별 셋 이상으로 기록되어 있습니다.

"고맙습니다."

―언제 가면 테이블을 맡을 수 있을까요?

"잠깐만요."

민규가 노트북 화면을 열었다. 예약에 대한 확인이었다. 빈시간은 없었다. 차라리 어제였다면 휴일을 반납하고 모실 수도 있었던 일.

"귀국 일정이 어떻게 되죠?"

―다음 일정은 중국과 홍콩 쪽입니다. 사흘 후에 가야 합니다.

'사흘 후.'

그렇다면 다음 월요일로 미룰 수도 없었다. 별수 없이 쥐어짜는 수밖에 없었다.

"그럼 모레 오후나 저녁 시간이 어떨까요? 예약이 꽉 차서뺄 수가 없군요."

―모레라? 괜찮습니다. 테이블이 없을까 봐 걱정했는데 다행이군요.

"몇 분이 오시나요?"

―수행하는 친구와 갈 것 같습니다. 잘 부탁합니다.

"알겠습니다."

민규가 통화를 끝냈다.

아이즈먼⋯⋯.

한국에 오면 찾아오겠다더니 그 약속을 지켰다. 그렇다면 민규가 할 일은 맛으로 보답하는 것뿐이었다. 이제는 종규와 재희가 올 시간, 박세가에 대한 자료를 치웠다. 탑차는 10분쯤 후에 들어왔다.

"쫙 펼쳐봐라."

주방에서 민규가 으름장을 놓았다. 많은 셰프들처럼 팔짱을 낀 채였다.

"열심히 고르긴 했는데⋯⋯."

종규가 물건을 내려놓고 재희가 하나하나 펼쳤다. 식재료는 칠향계의 재료와 9첩반상 중심이었다. 그사이로 마와 토란, 산나물 등이 보였다.

비가 오는 날.

그럼에도 불구하고 식재료에 물기가 거의 없었다. 종규와 재희가 목숨(?)을 걸고 관리한 증거였다. 식재료는 종이와 같다. 물에 닿으면 녹거나 부패하기 쉽다. 샐러드 채소조차도 물기를 쫙 빼야 하는 게 맛의 기본.

"불합격!"

첫 번째 식재료가 헌 바구니로 들어갔다.

"불합격!"

두 번째도 그랬다. 세 번째까지 연습용 바구니로 직행하자 재희 눈에 이슬이 맺혔다. 그래도 마지막 재료에는 희망을 걸었다. 색감이 선명한 곶감이었기 때문이다. 하지만 민규는 그마저도 헌 바구니에 처박아 버렸다.

"왜?"

종규가 눈치를 보며 물었다.

"처음과 두 번째 것은 좋아 보이지만 수입산, 그다음 것은 생육 기간 미달, 그다음은 악취와 잡내 오염."

잡내 오염은 곶감이었다.

"잡내?"

"너희들 이거 파는 근처에 난전 생선이나 난전 부속 고기상 있었지?"

"응."

"냄새 좋았냐?"

"아니, 하지만 곶감하고는 상관없잖아?"

"향 싼 종이에서 향내 나고 생선 싼 종이에서 비린내 나는 건 당연한 법. 하루 종일 그런 냄새 앞에 방치된 생곶감이 무사하길 바랐냐?"

"……!"

민규의 지적 앞에 둘은 할 말을 잃었다. 거기까지는 생각지 못한 둘이었다.

"진짜 열심히 골랐는데……."

"나쁜 것들 중에서 좋은 걸 고른 거겠지."

"그럼 어떻게 해? 뭐라도 사기는 해야겠고……."

"내가 뭐라고 했지? 식재료는 상대적인 기준이 아니고 뭐다?"

"절대적인 기준요."

종규와 재희가 합창을 했다.

"기준 미달 식재료만 사 왔으니까 오늘은 가게 끝나고 재료 다 쓸 때까지 연습!"

"그건 좋아요."

주눅이 들었던 재희가 배시시 웃었다. 종규도 그렇지만 요리 연습을 좋아하는 재희였다.

"흐음, 지금 웃음이 나냐?"

민규가 애정 어린 핀잔을 주었다.

"형, 너무 그러지 마라. 그래도 재희, 일식조리사 시험에 붙었어."

"뭐?"

"일식조리사 시험에 합격했다고?"

"진짜?"

민규가 고개를 들었다.

"형 몰래 나랑 같이 시험 봤는데 재희는 합격, 나는 불합격… 재료는 잘못했지만 스승으로서 축하한다고 말 한마디는 해줘야 하는 거 아니야?"

"진짜냐?"

민규가 재희를 바라보았다.

"네, 셰프… 그냥 한번 봤는데 운 좋게 붙었어요."

"허, 나한테는 얘기도 안 하고?"

"셰프는 워낙 바쁘시고… 또 우리가 합격할 실력인지 아닌지도 몰라서요."

"알았어, 일단 축하. 하지만 그것 때문에 실수가 면피되지는 않아. 나 우체국에 잠깐 다녀올 테니까 아침 식사 준비나 하고 있어."

"우체국은 내가 가도 되는데."

종규가 소리쳤다.

"넌 철인이냐? 무리하지 말고 재료나 정리해 놔."

민규가 주방을 나왔다. 비는 거의 그쳐 있었다.

"오빠는… 왜 셰프님께 말했어? 창피하게……."

민규가 나가자 재희가 볼멘소리를 냈다.

"뭐가 창피하냐? 떨어진 내가 창피하지."

"그까짓 일식조리사가 대수야? 셰프님께 비하면 감도 안 되는 걸 가지고… 게다가 혼나고 있는 판에……."

"그래야 형 잔소리가 빨리 끝나지."

"난 셰프님 잔소리가 좋거든."

"헐, 별종이네. 축하 꽃 한 송이 안 주는데 뭐가 좋다고."

"그러는 오빠도 말로 때웠잖아?"

"야, 나는 위로가 필요한 사람이야. 나도 붙었으면 꽃다발을 트럭으로 안겨줬지."

"그럼 이거 안겨라."

종규의 말이 끝나기도 전에 꽃다발이 불쑥 등장했다. 두 개의 꽃다발을 준비해 온 민규였다.

"형."

"축하한다. 하지만 다음부터는 그런 거 보러 가면 미리 말하고 가라. 응?"

민규가 또 다른 꽃다발을 재희에게 내밀었다.

"셰프님……."

"뭐 하나? 넌 안 줘?"

"형……."

"그거 네 월급에서 깔 거다. 그러니 고마워할 거 없어."

"아, 진짜… 이거 사려고 간 거였어?"

"아니면? 요리에 자격증이 중요한 건 아니지만 따놓으면 다 재산 된다. 더구나 첫 자격증이니 당연히 축하해야지. 아, 밖에다 현수막도 걸어줄까? 초빛 부셰프 강재희, 일식조리사 합격!"

"셰프님……."

재희가 얼굴을 붉혔다.

"하핫, 그건 좀 그렇지? 얘들이 옥신각신하느라 밥을 안 했으니 또 내 차지네. 기왕 이렇게 된 거 축하 조찬으로 간다.

어때?"

"저는 무조건 좋아요!"

재희의 목소리가 주방을 흔들었다.

*   *   *

"세푸."

날이 개자 출근한 황 할머니가 민규를 불렀다. 할머니는 그
새 장독대를 다 닦은 모양이었다. 할머니가 온 후로 초빛의 환
경은 더욱 좋아졌다. 할머니의 꼼꼼한 손길 때문이었다.

"할머니, 세푸가 아니고 셰프예요."

설거지를 하던 재희가 발음을 바로잡아 주었다.

"세푸?"

"아니, 셰프— 으요. 셰프— 우가 아니고 셰프— 으."

"아이고, 됐어. 영어는 빠다를 먹어야 제대로 나오지, 우리
는 간장에 계란 노른자 밥 비벼 먹고 커서 혀가 잘 안 돌아."

할머니가 손사래를 치자 주방은 웃음바다가 되었다.

"오늘은 늦게 오시랬더니 뭣 하러 일찍 나오셨어요?"

요리 준비를 하던 민규가 말했다.

"무슨 소리. 내가 여기서 받는 돈이 얼만데. 하루 종일 일해
도 과분해."

"그런 말씀 마세요. 요즘 할머니 밑반찬 덕분에 손님들이

얼마나 좋아하는데요. 저도 일손 많이 덜었고……."

"그러니 다행이지. 내 반찬이 맛없다고 타박하면 내가 무슨 낯짝으로 일하겠어? 응?"

손을 휘젓던 할머니의 시선이 꽃다발에 닿았다.

"오늘 누구 생일이여?"

"생일이 아니고 재희가 일식조리사 시험에 합격을 했어요. 저는 미역국이고요."

"오라. 그래서 축하 꽃다발을 받았구만?"

"네, 할머니."

재희가 소리를 높였다.

"가만, 나는 꽃다발은 못 샀고… 현찰로 때우면 안 될까?"

할머니가 만 원권을 꺼내 들었다.

"아유, 아니에요. 저 괜찮아요."

"뭐야? 시방 노인네 돈이라고 무시하는 거여?"

"아뇨. 그런 게 아니라……."

"그럼 두말 말고 받아."

할머니가 눈을 부릅떴다. 입장이 난처해진 재희가 민규를 바라보았다. 민규는 알아서 하라는 듯 어깨를 으쓱해 보였다.

"알았어요. 받을게요. 고맙습니다."

재희가 손을 내밀었다. 그러자 할머니는 그 손을 밀어내고는 혀를 내밀더니 지폐에 침을 진하게 발라놓았다.

"거기가 아니라 여기여, 요리 귀신아. 재희 마빡에 찰싹 붙어서 맛손이 되게 하거라."

할머니, 재희가 피할 사이도 없이 지폐를 이마에 붙여 버렸
다.

"할머니……."

재희가 울상이 되자 종규가 배꼽을 잡고 웃었다. 하지만 종
규도 할머니의 침 축복에서 예외는 아니었다.

"너는 아차상이다. 다음에는 꼭 붙어서 맛손이 되거라."

찰싹!

소리도 경쾌했다.

"아, 참. 할머니, 언제 우리도 장 좀 담가야 할 텐데요?"

"언제 담그게? 말만 해."

"할머니가 슬슬 준비를 해주세요. 장이란 게 잘 담그면 오
래 둘수록 좋잖아요?"

"그렇긴 한데 저 씨간장은 어디서 구했대? 맛이 아주 찰지
고 오지던데?"

"할머니 솜씨도 그 못지않아요."

"아유, 말본새도 곱지. 이러니 장사가 잘될 수밖에."

할머니는 민규가 포슬포슬 데쳐준 고사리를 들고 찬방으로
향했다.

점심시간, 행복한 전쟁이 절정에 달했다. 예약 손님은 세 팀
이었지만 사람 숫자가 많았다.

1번 테이블 50대 여자 두 명.

2번 테이블 60대 네 명.

3번 테이블 40대 열한 명.

4번 테이블 30대 여자 한 명, 60대 여자 한 명.

종규가 예약을 낭송했다. 그날그날의 예약자는 달달 외우는 종규였다. 3테이블까지 일사천리로 끝냈다. 40대들은 국내 최고 로봇 회사의 중견 간부들이었다. 그들이 원한 건 궁중삼계탕이었다. 특별히 네 달 된 재래닭을 주문해 끓여냈다. 국물부터 우유를 부은 듯 때깔이 달랐다.

"이야, 진국이네, 진국."

간부들이 이구동성으로 말했다. 할머니의 곁들임 밑반찬도 좋은 평을 받았다. 나물 삶는 데 초자연수를 지원했지만 나머지는 할머니 손맛. 다소 투박하지만 그게 또 궁중요리나 약선요리에 잘 어울렸다.

"잘 먹고 갑니다."

"다음에는 2인분 시켜야겠어요."

"고맙습니다."

여러 인사를 들으며 세 번째 테이블을 마감했다.

하지만, 마지막 손님이 오지 않았다. 20분이 지나자 종규가 예약을 확인했다.

"전화해 볼까?"

종규가 민규를 바라보았다.

"그냥 둬라. 차가 막힐 수도 있지."

"예약 때로 봐서는 일찍 올 분위기였는데……."

종규가 목을 빼 들 때, 하얀 세단 한 대가 들어섰다.

"어, 오시나 본데?"

종규가 마당을 바라보았다. 차가 멈추자 운전기사가 먼저 내렸다. 뒷문을 열자 두 사람이 나왔다. 중년의 전무와 외국인이었다.

"……?"

종규 고개가 갸웃 돌아갔다. 통화를 했던 예약자가 아니었다.

"홍화선 씨 예약 있죠?"

중년 신사가 종규에게 말했다. 나중에 알았지만 그는 정부 투자 기관의 원장보였다.

"예……."

"들어가실까요?"

원장보가 외국인에게 영어를 건넸다. 아주 깍듯했다.

"그러죠."

외국인이 그 안내를 받았다.

"사장님 있나요? 좀 오라고 하세요."

자리에 앉은 원장보가 목에 힘을 주었다.

"형, 손님들 오셨어."

종규가 주방으로 다가왔다.

"여자 둘이라더니?"

민규가 손을 닦으며 물었다.

"예약은 분명 그랬는데 다른 사람이 왔네?"

"대리 예약 했나 보지?"

"아니야. 그 손님, 어머니가 딸의 신장을 받아 이식을 했다면서 딸하고 같이 먹고 싶다고 했어. 신장에 좋은 죽 되냐고 몇 번이나 물었는걸?"

"그래?"

"하지만 손님 이름을 대는 걸 보면 예약이 맞는 것도 같고… 에이, 나도 몰라."

종규가 민규 등을 밀었다.

"안녕하세요?"

테이블에 다가선 민규가 인사부터 챙겼다. 외국인은 등을 돌린 채 앉아 있었다.

"사장을 부르랬더니?"

원장보가 미간을 찡그렸다.

"제가 대표 겸 셰프입니다."

"그래? 그럼 여기서 제일 비싼 게 뭐야?"

"저희는 가격보다 손님 체질에 맞춰 요리를 올립니다만……."

"됐고, 여기 귀한 분이니까 최고로 비싼 요리로 테이블 가득 채워봐."

원장보는 일방통행이었다. 그 순간, 외국인이 고개를 돌렸다. 그러자 민규의 눈이 휘둥그레 변했다.

"어?"

외국인, 초면이 아니었다. 바로 뉴욕에서 만났던 글로벌 투자가 아이즈먼이었다.

쉬잇!

아이즈먼이 모른 척하라는 사인을 보내왔다. 민규는 시선을 차분하게 가다듬었다.

"이분이 굉장한 국빈이시자 미식가시네. 여기 요리 이야기를 들었다고 해서 모셔왔으니 황제의 밥상처럼 부탁하네. 최고로 만족하시게 말일세."

"그렇다면 제가 이분에게 몇 마디 여쭤봐도 되겠습니까?"

"당신이? 당신이 영어를 알아?"

"요리 의사소통 정도는 가능합니다만……."

"됐어. 괜히 기분 상하게 만들지 말고 내가 시키는 대로 해. 황제의 밥상처럼."

원장보의 오더는 강요에 가까웠다. 아이즈먼을 볼 때는 살랑살랑 웃지만 민규에게는 야박하고 엄격한 표정. 두 얼굴의 접대자였다.

"알겠습니다."

민규, 가벼운 인사를 남기고 물러났다. 사람 성격까지 탓할 필요요는 없었다. 진정한 요리사라면 요리로써 저 짜증과 군림까지 없애주는 게 옳았다.

쪼르륵!

초자연수를 따랐다.

"우와!"

"와아아!"

지켜보던 종규와 재희가 또 한 번 감탄을 쏟아냈다. 유리잔 때문이었다. 마침 유리공예 샘플 잔이 도착해 있었다. 딱 두 벌이라 점심시간에 온 두 명의 테이블에 올리고 두 번째였다.

생숙탕, 요수, 방제수.

첫 구성은 원장보를 위한 것이었다. 그는 아직 숙취가 남아 있었다. 어젯밤 제대로 달린 모양이었다. 그렇기에 생숙탕으로 숙취를 제거하고 요수로 입맛을 올리며 방제수로 마음을 안정시키는 구성이었다.

원장보의 체질 창은 나쁘지 않았다. 몸 관리가 잘된 편이었다. 전투적인 먹성에 소화능력까지도 좋았지만 결정적으로 미각은 좋지 않았다. 그의 미각 등급은 C급이었다. 질보다 양으로 승부할 사람이었다.

정화수, 요수, 한천수.

아이즈먼의 구성은 좀 달랐다. 그의 체질은 토형에 가까운 목형. 뉴욕 이후로 기억하고 있는 민규였다. 다시 보니 간의 피로로 인해 눈이 맑지 못하고 비위장의 피로로 소화력이 떨어지면서 내장에 혼탁이 생겼다. 혼탁이 아래로 진하니 변비로 보였다. 그렇기에 정화수로 눈과 머리를 맑게 하고 요수로 비위장을 달래 식욕 증진, 한천수로 대장의 찌꺼기와 정체를 씻어줄 생각이었다.

"오!"

물 전채를 본 아이즈먼이 탄성을 질렀다.

"마음에 드십니까?"

원장보가 아부 신공에 돌입했다.

"내가 저 셰프의 물을 좀 알지요. 하지만 내가 알던 것보다 더 아름답게 업그레이드가 되었군요? 어떻게 마실까요? 셰프?"

아이즈먼이 민규를 바라보았다.

"차례대로 드셔도 되고 뒤에서부터 드셔도 됩니다. 다만 한 잔을 다 드신 후에 다른 물을 드시기 바랍니다. 그리고 선생님은……."

"아, 됐어. 나는 물 같은 거 별로 안 좋아하니까 그렇게 떠들 사이에 요리나 빨리. 우리 회장님, 시장하셔."

원장보는 여전히 권위의 칼날을 휘둘러 댔다.

가벼운 과일 말림과 미음을 내주고 바로 요리가 이어졌다. 시작은 팥이었다. 단맛이 깃든 정화수에 햇팥을 넣고 꼬맹이 새팥을 한 줌 섞었다. 야생을 더하기 위한 배려였다. 통째로 파근하게 삶아낸 후에 그 물을 취해 밥을 안쳤다. 쌀은 주산지가 고창이었다. 곱돌솥 두 개를 꺼내 백반과 팥물밥인 적두수화취를 안쳤다. 불은 숯불 화로를 택했다. 은근하게 뜸을 들이는 데는 숯불 화로가 갑이었다.

다음으로 다섯 가지 고기를 구워내 좃바디를 이루었다. 이들 요리에는 세 전생의 필살기를 쓰지 않았다. 다만 보리굴비에는 뼈를 바르는 발골발종법을 썼다. 손님이 가시 바르는 수고를 덜어준 것이다.

톡톡!

굴비 머리를 치니 잔가시가 빗물처럼 쏟아졌다. 살짝 곯은 내가 나는 놈으로 고른 민규. 숯불에서 노릇하게 구워내니 굴비의 담백하고 고소한 냄새에 절로 미소가 났다.

시각의 백미는 쑥단자였다. 쑥가루를 넣은 찹쌀떡 반죽에 팥소를 넣고 빚어 열탕에 3~4분 넣었다 꺼냈다. 완전히 식힌 후에 수분을 제거하고 꿀을 바른 후 밤가루에 굴렸다. 그 위에 당근으로 오린 꽃정과를 놓았다. 마무리로 잣 한 알을 물리자 쑥단자에 나비가 날아들 것만 같았다.

여기에 더한 게 올갱이두부.

두부를 만들 때 싱싱한 초록 올갱이를 담뿍 넣어 썰어내니 보기에도 산뜻한 포인트가 되었다. 씨간장에 찍으면 그것만으로도 보약이 될 아이템이었다.

윤기가 좌르르 흐르는 적두수화취에 보리굴비를 비롯한 다섯 가지 육류 구이 좃바디, 아름다운 쑥단자에 질박한 두부까지 갖추니 모양새부터 뽀대가 났다.

'황제의 밥상 완성.'

나물과 장을 더해 정성껏 쟁반에 담았다. 테이블 세팅은 민규가 직접 했다. 먼 길을 와준 아이즈먼에 대한 보답이었다. 제일 먼저 밥이 놓여졌다. 알알이 벙글어 오른 밥알은 황제의 보랏빛으로 반짝거렸다.

'가만⋯⋯.'

여기서 민규가 잠시 주저했다. 원장보의 밥그릇 때문이었다. 그의 체질은 대식가. 거기에 맞추려면 고봉밥을 푸는 게 맞았다. 하지만 비즈니스 자리이니 아이즈먼의 밥과 용량을 맞춰주었다. 다음으로 보리굴비를 더한 좆바디와 나물, 탕 등을 합쳐 13첩반상 차림을 완성했다.

왕의 수라상 7첩반상을 뛰어넘는 황제의 수라상, 13첩 중반(점심)이었다.

하지만 그걸 본 원장보의 표정은 구겨놓은 A4 용지보다 더 격하게 뒤틀렸다. 그 표정은 바로 언어가 되어 튀어나왔다.

"어이, 당신, 지금 뭐 하자는 거야?"

테이블을 살짝 내려치는 신사. 저음이지만 날 선 격노가 실린 목소리였다.

"뭐 하자는 거냐고 물었잖아?"

원장보의 목소리에서 권위주의가 덕지덕지 묻어나왔다.

"설명을 드리겠습니다. 이 요리는⋯⋯."

"다시 차려 와."

원장보, 설명이 나오기도 전에 말을 막아버렸다.

"예?"

"다시 차려오라고. 이건 우리 기관에서 가까운 2만 원 한정식집만도 못하잖아? 반찬이라고 꼴랑 10여 가지. 게다가 죄다 허접한 구성들."

"보기에는 이래도 황제의 밥상입니다. 체질에 맞춰 정성을 다했으니 일단 맛을 보시고……."

"황제의 밥상이라고?"

원장보의 눈 안에 레이저가 이글거렸다. 그 목표물은 당연히 민규였다.

"이 13첩반상으로 말씀드리자면……."

"이 친구가 입으로 요리를 하나? 왕의 반상 차림이라면 22첩반상이라는 건 나도 알고 있어. 어디서 감히……."

"손님."

"리얼리 쏘리, 아이즈먼. 여기 셰프가 메뉴를 착각했나 봅니다. 좋은 요리로 교체하도록 하겠습니다."

레이저를 거둔 원장보, 아이즈먼에게는 선량한 미소로 양해를 구했다.

"괜찮습니다만 원장보님."

"예, 아이즈먼."

"이 요리에 무슨 문제가 있습니까?"

"그건 아닙니다만 이건 아이즈먼의 수준에 맞지 않는 요리입니다. 기왕 오셨으니 최고의 궁중요리를 드셔야죠."

"원장보님께서도 요리에 일가견이 있다고 하셨지요?"

"그럼요. 아이즈먼께서 가장 한국적인 요리를 먹고 싶다고 하셨지 않습니까? 한국 요리라면 제가 고수입니다. 대한민국에서 먹어보지 않은 요리가 없거든요."

"그렇다면 이 요리는 어떤 요리입니까?"

"이 요리는… 저기 주방장의 착오 같습니다. 말로는 황제의 밥상이라고 하지만 사실이 아닙니다. 아이즈먼에게 대접할 수 없는 수준입니다."

"셰프?"

아이즈먼의 시선이 민규에게 옮겨왔다. 민규의 설명도 듣겠다는 표정이었다.

"이 요리는……."

민규의 영어 설명이 시작되었다.

"황제의 밥상이 맞습니다."

"이 친구가 정말? 좋아. 백번 양보해서 왕의 밥상을 가져왔다고 치자고. 그렇다면 최소한 22첩의 기본은 맞췄어야지. 자넨 숫자도 못 세나? 이 찬품이 22가지야?"

원장보가 태클을 걸어왔다.

"22찬품은 잘못된 사실입니다."

"뭐라고? 이봐. 그 말은 대한민국 최고의 한정식집 40년 주방장이 한 말이야. 그 집에 가면 관련 신문 기사까지 액자로 걸렸어. 어디서 감히."

"그 기사가 정확하다는 건 누가 보장합니까?"

"뭐라고?"

"거기 정확한 연대가 있었습니까?"

"……."

"궁중요리란 기준이 중요합니다. 다른 건 몰라도 숙종 이후의 왕들의 밥상은 보통 7첩반상이 맞습니다."

"이봐!"

"하지만 황제의 밥상을 원하셨기에 7첩에서 13첩으로 올려 드렸습니다. 이는 1609년 조선이 명나라 사신에게 차려 올리는 '중반'과 같은 구성이니 사신 접대는 곧 황제 접대와 같음을 유념해 주셨으면 합니다."

민규는 추호의 흔들림도 없었다. 권필과 정진도. 두 사람의 요리 경험 공유는 공부에도 큰 기준이 되었다. 양쪽 기준을 놓고 고서적을 보니 기억에 쏙쏙 들어왔다. 그렇기에 요리 역사의 연도까지 기억하는 민규였다.

"이봐."

"숙종 이후, 왕과 최상류층들은 요즘 사람들보다 식사의 횟수가 많기는 했어도 수라상은 언제나 검소했습니다. 하지만 그 검소한 상 안에 음양의 조화를 갖춰 약선요리를 이루었으니 만찬에 못지않은 요리의 즐거움을 느낄 수 있었던 겁니다."

"이 친구가 정말. 손님이 그렇다면 그런 줄 알 것이지 무슨

사설이 그리 길어? 자네, 쓴맛 좀 보고 싶어?"

"잠깐만요."

원장보가 폭주하자 아이즈먼이 제지하고 나섰다.

"셰프."

"예."

"그러니까 셰프의 말은 이 만찬이 황제의 밥상이다 그거로
군요."

"예. 쌀은 왕의 밥상에 주로 올라가던 김포산이고, 굴비 역
시 영광산입니다. 다른 식재료도 주로 진상품이 나는 지역산
으로 맞췄습니다. 지금이야 농업의 발달로 인해 특산 지역의
구분 의미가 없다지만 사람도 유전자가 있고 보면 산지 역시
중요하다는 생각입니다."

"원장보님."

"예?"

"당신은 미식가라고 하셨죠?"

"예. 제 혀가 대한민국 요리에서는 바로미터입니다."

"그렇다면 궁금하군요. 대한민국의 미식가들은 셰프를 그렇
게 쥐 잡듯이 잡아대면서 요리를 요구합니까?"

"예?"

폭주하던 원장보의 시선이 하얗게 굳어버렸다. 아이즈먼의
질문 기세가 심상치 않았던 것이다.

"이 셰프는 사실 제가 안면이 있는 사람입니다."

"예?"

"얼마 전에 뉴욕에서 만났는데 제게 천상의 맛을 알려주었어요. 그때의 감동이 너무 깊어 여기를 오고 싶었습니다. 하지만 예약이 밀려 모레나 겨우 테이블을 얻을 수 있었는데 마침 예약이 된다기에 염치 불고하고 따라왔던 겁니다."

"저 주방장과 안면이 있으시다고요?"

"조금 슬프군요. 대한민국을 다 커버하는 미식가라는 사람이 이민규 셰프를 모르다니… 아니, 더 슬픈 사실은 그게 아닙니다."

"……"

"더 슬픈 건, 셰프의 맛을 기대하는 자리에서 셰프를 몰아세우는 당신의 태도입니다. 무릇 요리란 하나의 연주회와도 같은 법인데 연주자에게 이래라저래라 시비를 걸며 목청을 높이면 연주가 제대로 나올까요?"

"……!"

"솔직히 당신들의 사업 제의에 실망을 했었습니다. 하지만 이 셰프의 요리를 먹으러 가자기에 당신은 뭘 좀 아는가 싶어서 기대를 했어요. 그런데 이런 모습이라니… 요리조차도 윽박지름으로 해결하려는 사람들과 수십억 달러를 걸고 사업을 하고 싶지는 않군요."

말꼬리를 자른 아이즈먼이 자리를 털고 일어섰다.

"아, 아이즈먼."

원장보는 하얗게 질린 채 뒷말을 잇지 못했다.

"이 셰프, 아침부터 기대한 자리인데 그냥 가야 할 것 같습니다. 셰프의 요리를 두고 가는 결례, 진심으로 사과합니다. 저는 제 예약 때 다시 오겠습니다."

"아이즈먼."

돌아서는 아이즈먼의 팔을 원장보가 잡았다. 필사적이었다.

"죄송합니다. 정말 죄송합니다. 제가 큰 결례를 했습니다."

"당신, 아직도 상황을 모르는군요?"

"예?"

"당신의 결례는 내가 아니라 셰프 쪽입니다."

"……!"

"사과를 하더라도 셰프가 먼저지요. 셰프가 당신의 사과를 받아준다면 차려놓은 음식을 먹는 건 한번 생각해 보겠소."

"……"

원장보가 민규를 바라보았다. 민규는 그 시선을 외면했다.

"셰프, 미안하게 되었네. 그러니 좀 도와주시게. 실업난 타개와 경제 활성화를 위해 이분의 투자가 절실한 실정이라네. 만약 이 사람이 여기서 돌아서면 그 투자금이 중국으로 가게 되어 엄청난 타격이……."

원장보의 표정이 급변했다. 아까의 오만한 권위주의는 티끌만큼도 엿보이지 않았다. 애절한 그의 뇌리 안에는 부처 장관과 청와대 경제수석의 목소리가 울려 퍼지고 있었다.

"어떻게든 구워삶아 주시게."

"대통령도 노심초사하고 계시네."

그 기대를 안고 달려온 곳. 이렇게 끝나면 신의 직장으로 불리는 투자 기관의 장인 자신의 모가지조차 날아갈 지경이었다.

"그 사과, 거부합니다."

하지만 민규의 대답은 냉정했다.

"세프……"

"원장보님, 오늘 이 예약, 누구의 것이었습니까?"

"……?"

"제가 기억하기로 이 시간의 예약은 원장보님의 것이 아니었습니다. 그것부터 해명해 보시겠습니까?"

"예, 예약……"

"홍화선!"

"……!"

"원래는 그 여자분의 예약이었는데 원장보님이 오셨습니다. 처음에는 그런가 보다 했는데 일이 이렇게 되고 보니 궁금하군요."

"그게……"

"……"

"우리 여직원의 예약이었네. 아이즈먼이 하필이면 여길 물었는데 여직원에게 예약을 지시했더니 만석, 그러다 여직원이 자기 예약이 있다기에……."

"그 여직원이 왜 예약을 했는지도 아십니까?"

"어머니와 죽 한 그릇 먹으려고……."

"죽 한 그릇이요?"

"다른 게 있었나?"

"사연을 모르시는군요. 그 여직원, 자기 어머니에게 신장 하나를 떼어주었습니다. 그건 아십니까?"

"……?"

"역시 모르시는군요. 그 애틋함에 눈물겨운 어머니께서 따뜻한 죽 한 그릇 함께 먹으려고 몸소 예약을 했던 자리지요. 원장보님은 그 자리를 뺏은 겁니다."

"……?"

"물론 자세한 사연은 묻지도 않으셨겠죠? 지위를 이용해 일방통행식 지시를 내렸을 뿐."

"나, 나는… 죽이야 나중에 먹어도 될 것 같아서……."

"신장이식 후에, 신장의 안정을 위한 죽 예약이었습니다. 당신은 여직원과 어머니의 마음도 상하게 만들었고, 그렇게 새치기한 자리에서 투자자의 마음까지 상하게 만들고 말았군요."

"셰프……."

"제가 할 말은 아이즈먼의 말과 같습니다. 그 여직원과 어머니에게 전화를 거십시오. 진심 어린 사과를 하시고 이해를 받으시면 사과를 받아들이겠습니다."

"……."

"아니면 그만 돌아가 주시면 고맙겠습니다."

"전화하겠네."

원장보는 바로 핸드폰을 꺼내 들었다. 그리고 기관으로 전화를 걸어 여직원과 통화를 했다. 충분한 이해를 구하지 않고 권위로써 예약을 가로챈 걸 사과하고 어머니 번호를 받았다. 거기도 공손하게 사과를 전했다.

"잠깐만요."

통화가 끝날 무렵에 민규가 끼어들었다.

"가능하다면 그 모녀분을 지금 오시도록 조치해 주시기 바랍니다. 재료는 준비가 되었으니까요."

"알았네."

민규의 요청은 즉시 수용되었다.

"아이즈먼."

민규가 아이즈먼을 돌아보았다.

"……."

"두 분의 비즈니스에 대해서는 잘 모르겠지만 제 테이블의 문제는 끝이 난 것 같습니다. 먼 길 오신 분이라 그냥 보내기 죄송한데 다시 황제의 밥상을 올려도 되겠습니까?"

민규가 묻자 아이즈먼의 눈길이 원장보에게 향했다. 면목이 없는 원장보는 그저 처분만 바라는 표정이었다.

"이제 셰프의 요리에 태클을 걸지 않을 겁니까?"

"물, 물론입니다. 그사이에 검색을 해봤더니 셰프의 말이 맞더군요. 제가 말한 22첩반상은 오래전의 주장인 것으로……."

"그럼 만찬을 시작할까요? 나야 조금 긴 기도했다고 치면 되니까요."

아이즈먼이 팔을 걷고 나섰다.

"그럼 잠깐만 기다려 주시기 바랍니다."

양해를 구한 민규가 원장보 쪽의 상차림을 보강했다. 밥을 고봉밥으로 높였고 좆바디와 채소, 각종 전 등도 양을 두 배로 쌓아주었다.

"셰프?"

영문을 모르는 아이즈먼이 민규를 바라보았다.

"원장보님은 체질상 대식가십니다. 처음부터 이렇게 담아내야 했는데 비즈니스 자리를 감안해 같은 양으로 구성했었죠. 하지만 어차피 이렇게 된 판이니 식성에 맞게 세팅해야 밥맛이 날 것 같아서요. 앞에 앉은 상대가 맛나게 먹어야 아이즈먼의 입맛도 좋아질 것 아닙니까?"

"셰프……."

애잔한 비명은 원장보의 것이었다. 난생처음 온 식당. 그럼에도 자신이 대식가라는 걸 알고 있는 게 놀라울 뿐이었다.

"좋습니다. 요리란 조건을 떠나서 먹어야 제맛이죠. 서로의 스타일대로 맛나게 먹어봅시다."

아이즈먼은 쿨했다.

멀리서 새들의 합창이 시작될 때 원래 예약자였던 홍화선 모녀가 도착했다. 두 사람은 야외 테이블로 모셨다.

—약선숙지황쥐눈이콩밤죽.

신장 강화를 위한 약선요리였다.

숙지황은 법제가 잘된 약재였다. 민규는 이 약선죽을 원미(元米) 방식으로 쑤었다. 원미란 곡물을 맷돌에 굵게 갈아서 쑨 죽을 이르며 소주원미와 장탕원미 방식으로 나뉜다. 민규는 소주원미 방식을 응용했다. 원래의 레시피에는 소주와 흰 꿀이 들어간다. 하지만 신방광에는 단맛이 상극이므로 둘 다 제외하고 대신 신장에 좋은 볶은 소금을 넣었다. 원미 방식은 죽 한 그릇이라도 풍류와 풍미를 놓치지 않으려는 민규의 자세와 다르지 않았다.

지장수와 천리수.

죽물로 쑨 초자연수였다. 지장수의 해독력과 천리수의 몸속 깊은 병의 치유력. 둘이 합치면 신장의 미세 세포 안으로 들어가 생기를 팍 돋워줄 일이었다.

곁들임으로는 보기도 좋은 산수유병과, 황도정과, 짭조름한 장떡과 산딸기차를 내주었다. 숙지황과 쥐눈이콩, 밤은 신장에 좋다. 산수유와 산딸기도 신장을 돕는 식재료. 황도정과는

나름 매운맛 도는 과일로 흰 속살의 밤과 함께 폐를 이롭게
한다. 여기에 더한 장떡은 돼지의 신장을 다져 좁쌀가루에 무
쳐 지져낸 것. 성분량은 두 모녀의 체질 창에 맞춰 세팅을 했
다.

원래는 권위에 눌려 예약을 양보하면서 속이 상했던 모녀.
그나마 원장보가 직접 사과하면서 자리를 찾게 되자 기분이
좋아졌다. 식사가 끝나갈 무렵, 모녀의 체질 창이 밝아졌다.
신방광 쪽이 훤해진 것이다.

"고맙습니다."

식사를 마친 모녀가 원장보에게 인사를 전했다.

"제가 할 말입니다. 진짜 고맙습니다."

원장보도 허리를 깊숙이 숙였다. 식사하는 동안 마음이 푸
근하게 풀린 원장보, 아까와는 달리 진솔한 표정이었다.

배가 부르면 마음이 넓어진다.

요리의 마력이었다.

그렇다면, 아이즈먼은 어떨까? 민규의 시선이 그쪽으로 향
했다.

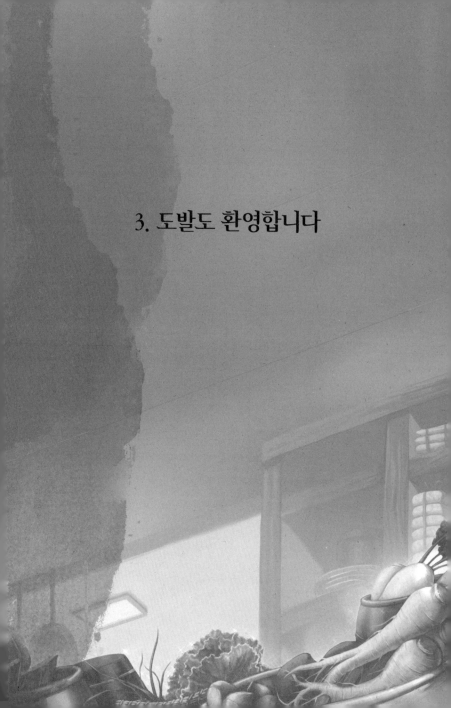

3. 도발도 환영합니다

　"셰프."

　후식으로 나온 오미자차를 비워낸 아이즈먼이 입을 열었다.

　"예."

　"이게 황제의 성찬이었단 말이죠?"

　"그렇습니다. 고려나 조선시대 왕의 성찬은 주로 7첩반상 아니면 9첩반상이었습니다."

　"황제의 찬품은 13이었으니 거의 두 배의 성찬인 셈이었군요?"

　"어떠셨습니까?"

"좋았습니다. 우리 원장보님 때문에……"

아이즈먼이 빙그레 미소를 머금었다.

"저, 저 때문에 말입니까?"

원장보가 바삐 되물었다.

"처음에는 아니었지만 점점 자연스럽게 먹기 시작했죠? 먹는 모습을 보니 진짜 우리 셰프의 요리에 반한 눈치더군요?"

"맞습니다. 처음에는 제가 한 짓도 있고 해서 조심스러웠는데 몇 수저 뜨다 보니 입맛이 마구 땡기는 바람에……"

"나도 그랬습니다. 특히 이 라이스……"

아이즈먼이 빈 밥그릇을 집어 들었다.

"내가 입에 쩍쩍 붙는 음식은 좋아하지 않는데 이건 다르더군요. 그 푸근한 마찰력 뒤에 오는 감미로운 속삭임이라니… 게다가 설탕이나 꿀이 아니면서도 단맛이 아련했어요."

아이즈먼은 시선을 밥그릇에 둔 채 말을 이어나갔다.

"언젠가 일본에서 최고 초밥 명인의 초밥을 먹을 때 기막힌 라이스를 맛본 적이 있지요. 하지만 오늘 먹은 이 라이스에는 미치지 못했습니다. 동양에서 말하는 담미의 극치라고나 할까요?"

"황제의 밥이니까요."

민규가 웃었다.

"황제의 밥… 하긴 밥알 하나하나가 다 인사를 하는 것 같았습니다. '만수무강하세요' 하고……"

"감사합니다."

"두 번째 충격은 이 생선이었습니다. 이거 Yellow Corbina 맞죠?"

아이즈먼이 가리킨 건 머리만 남은 굴비였다.

"조기 맞습니다. 한국에서는 굴비라고 부릅니다. 조기를 말려 맛을 극대화시킨 것이죠. 특히 그 굴비는 보리 속에서 숙성시켜 다른 굴비들과도 차별화를 이루었기에 보리굴비로 부릅니다. 가히 왕이나 황제의 수라상에 오를 자격이 있지요."

"하지만 곯은 내가 났습니다. 그래서 처음에는 약간 의아하기도 했지요."

"제가 무성의한 걸로 생각하셨군요? 곯은 생선을 테이블에 올렸으니."

"처음에만 그랬습니다. 그런데 그 곯은 내가 미치도록 입맛에 붙더군요. 마치 마약중독처럼."

"아이즈먼의 체질을 고려했기 때문입니다. 아이즈먼은 약간의 곯은 내와 군내가 필요한 분이지요. 워낙 미식이 뛰어나 맛과 향이 좋은 음식을 많이 접했기에 거부감이 있을까 조심스럽긴 했지만 그렇다고 해도 황제의 건강에 필요한 음식이라 포기할 수 없었습니다. 황제와 왕의 밥상은 건강까지 고려하는 약선이거든요."

"약선요리?"

"그렇습니다."

"그건 그렇다고 치고 생선 뼈는 어떻게 된 겁니까? 흔적조차 없더군요. 혹시 뼈를 바른 후에 식용 접착제로 붙였나 봤지만 그런 맛은 없었습니다."

"아, 그러고 보니 저도……."

조심하던 원장보가 공감을 표했다.

"뼈와 씨를 제거하는 발골발종법은 셰프로서 제 장기 중의 하나입니다. 덕분에 맛에만 집중하셨다면 고마운 일입니다."

"칼질 묘기였다는 겁니까?"

아이즈먼은 궁금증을 포기하지 않았다.

"예."

"히야, 그야말로 신기로군요."

"오늘 상에 오른 식재료들은 황제의 밥상 원칙에 따르되 두 분의 체질에 맞춘 약선이었습니다. 그래서 아이즈먼에게는 조금 곯은 굴비를 올렸고 원장보님께는 볶은 소금을 조금 많이 뿌렸습니다. 이는 土형과 水형 체질의 건강을 위한 고려였고 쑥단자와 올갱이두부도 서로 간이 달랐는데 그런 맥락이었습니다."

짝짝!

아이즈먼의 손에서 박수가 나왔다. 그 어떤 찬사보다도 뜨거운 박수였다. 원장보 역시 손을 들었지만 박수는 치지 못했다. 그도 민규의 요리에 대만족이었지만 매사 아이즈먼을 따라 할 수는 없었던 것.

"아이즈먼."

숨을 고른 원장보가 무거운 입을 열었다.

"말씀하시죠."

"오늘 결례는 송구하게 생각합니다. 요리의 즐거움을 앞당겨 드린다는 게 무례가 되었던 것 같습니다. 사실 윗선에서는 오늘 이 자리에서 아이즈먼의 투자 의사를 못 박고 오라고 했지만 화두에 올리지 않겠습니다. 다만 한국에 대해 부정적인 생각만 갖지 말아주시기 바랍니다."

"……."

"어쨌든 덕분에 저도 입이 호강한 날이었습니다. 지금껏 위선과 허세에 찬 한정식을 받아 들고 왕의 수라로 생각했는데 진짜 황제의 수라상을 받은 자긍심은 이렇게 다르군요."

"……."

"그럼 그만 일어나시죠. 모셔다드리겠습니다."

원장보가 먼저 일어섰다. 아이즈먼도 그 뒤를 따랐다.

"셰프, 모레 또 뵙겠습니다. 그때도 나를 천국으로 보내주시기 바랍니다."

아이즈먼이 민규를 격려했다.

"노력하겠습니다."

"아, 그때도 둘이 올 겁니다."

"일행이 있으시다고 했었죠?"

"원래는 제 수행원이었는데 원장보님과 같이 올지 모르겠습니다. 뭐 특별한 변수가 없다면 말입니다."

"저, 저요?"

카운터로 가던 원장보, 벼락이라도 맞은 듯 고개를 돌렸다.

"비즈니스는 그때 얘기하죠. 단 조금 전처럼 요리에 집중해
주신다면."

아이즈먼이 원장보를 보며 푸근하게 웃었다.

"으악, 당연히 집중하죠. 고맙습니다. 고맙습니다!"

원장보의 대답은 비명보다 절박했다.

"고맙네, 셰프. 정말 고마워."

카드 결제를 마친 원장보, 민규 손을 잡고 놓을 줄을 몰랐
다. 요리로 두 사람의 마음을 돌린 민규. 이 비즈니스의 진정
한 승자는 민규에 다름이 없었다.

"잘된 거야?"

손님들이 가자 종규가 물었다.

"아니면?"

민규의 입가에는 미소가 떠나지 않았다. 요리에 만족해 마
음이 열린 아이즈먼. 괜한 호기를 부렸을 리 없었다. 게다가
그 정도 되는 거물이라면 자신의 말을 지킬 사람이었다.

"아흠, 우리도 좀 쉴까?"

민규가 비로소 기지개로 긴장을 풀었다.

*   *   *

하루가 총알처럼 지나갔다.

어쩌면 광속 미사일이었다. 밀려드는 예약과 주문을 오가다 보면 어느새 점심, 어느새 저녁… 그럼에도 불구하고 몸은 고단함도 느끼지 않았다. 어쩌면 유치원 출장 요리와 이렇게 다를까? 그때는 한 유치원, 유치원이 불안과 공포의 대상이었다. 식성 까탈스러운 아이에 성질머리 있는 원장이라도 만나면 몸살을 단골손님처럼 달고 살았던 것.

마감을 한 민규, 주방에서 종규를 바라보았다. 종규는 결산 중이었다. 침 바른 손으로 현찰을 세고 있다. 카드 때문에 현찰이 많지는 않지만 장사는 누가 뭐래도 현찰 세는 맛이었다.

"형!"

정산을 마친 종규가 현찰을 흔들어 보였다. 종규도 민규도 속물은 아니었다. 돈에 목숨을 걸고 일하지 않았다. 하지만 땀의 대가로써 쌓인 현찰이 훈장처럼 소중한 건 사실이었다.

민규는 요리를 준비했다. 예약은 끝났지만 올 손님이 있었다. 힐금 고개 들어 바라본 연못. 어둠이 내린 연못은 신비한 적막에 휩싸였다. 마감이 되면 연못 조명을 모두 끄는 민규였다.

여덟 가지 분석력으로 식재료를 보는 민규. 그렇기에 연못 생태를 잘 알았다. 건강한 연못이 되려면 야간에는 소등이 필수였던 것이다. 인간은 밤잠을 못 자면 비실거린다. 식물도 그랬다. 야간에 등을 켜두면 연못은 깊은 잠을 자지 못한다. 음양의 이치는 먼 곳에 있지 않았다.

"형, 왔다."

종규가 목소리가 민규의 시선을 돌렸다. 마당으로 작은 승용차가 들어서고 있었다. 민규가 손을 닦고 주방을 나왔다.

"셰프님."

트렁크를 열던 이상배가 민규를 바라보았다.

"도와드릴게요."

민규가 다가섰다.

"아, 아닙니다. 이건 제 일입니다."

이상배가 선을 그었다. 그가 내린 건 라면 박스 크기의 상자 10여 개였다. 마침내 초자연수 전용 유리컵이 도착한 것이다.

"와아!"

상자가 열리자 종규가 소스라쳤다.

보석 상자!

그 느낌이었다. 갖가지 진귀한 보석을 갈아 넣은 듯 영롱한 유리잔들. 보기만 해도 눈이 호강하는 것 같았다.

"그럼 한번 시식해 볼까요?"

민규는 감탄에만 머물지 않았다. 당장 세 세트를 들고 가 초자연수를 소환했다. 많이 쓰이는 정화수와 지장수, 요수의 세팅이었다.

"수고하신 이 작가님이 먼저 드시죠."

첫 정식 물요리는 이상배에게 바쳤다.

"제가 그런 자격이 있나요?"

"있고도 남죠. 이 작가님이 아니면 누가 이런 작품을 만들까요?"

"좋습니다. 셰프님 고집을 아니까 제가 기꺼이."

이상배가 물 잔 앞으로 다가앉았다. 심호흡을 하더니 첫 잔을 진솔하게 음미했다. 두 번째, 세 번째 물컵도 그렇게 비워졌다.

"어떤가요?"

민규가 물었다.

"표현 불가, 형언 불가, 측정 불가!"

이상배는 양손으로 엄지 척을 흔들어댔다.

"다음은 내 동생."

민규가 두 번째 세트를 밀어놓았다.

"형."

종규가 화들짝 놀랐다.

"놀라긴. 넌 이 형의 보람이자 자랑이야."

민규가 잔을 들어 건네주었다.

"형……."

종규의 눈가가 뜨끈해지는 게 보였다. 세 번째 세트는 민규가 직접 실험을 했다. 미슐랭 별 세 개 테이블에 앉은 듯 우아하게 음미를 했다. 물은 입안의 미각세포를 봄날의 아지랑이처럼 쓰다듬고는 목을 타고 내려갔다. 언제나 그랬지만, 유리잔에 담긴 물맛은 한결 더 좋았다.

"형, 존나 시원하다. 고마워."

종규의 감상평은 고마워.

'고맙습니다.'

민규의 감상평도 비슷했다. 다만 민규의 그것은 세 전생에게 전하는 마음이었다.

이상배에게 요리를 대접해 보냈다. 결산도 현금으로 바로 해주었다.

"우와, 우와."

종규는 아직도 자지러지고 있었다. 남은 유리잔의 포장을 벗길 때마다 저절로 나오는 감탄이었다.

"형, 물요리를 정식 메뉴에 올린다고 그랬지?"

종규가 물었다.

"그래. 인기 좀 끌 것 같지 않냐?"

"대박 칠 거 같아. 여기다가 형의 초자연수를 담아 마시면 약선차 '저리 가라'일 것 같아. 잔 하나 바꾸니까 인식도 바뀌네."

"세종대왕이 좋아하던 전약, 영조의 탕평채, 고종의 냉면에 9첩반상 왕의 수라, 왕실골동반, 야생초죽, 황금궁중칠향계를 정식 메뉴로 삼을 거다. 시절요리나 식재료요리도 나쁘지는 않은데 손님들이 선택하는 재미가 없는 것 같아서."

"그건 맞아. 손님들이 메뉴판 없는 걸 아쉬워했어."

"그 요리들은 식재료도 안정적으로 받을 수 있으니까 레귤러 메뉴로 내세우고 나머지는 지금처럼 손님의 체질식으로 간다. 메뉴판도 소나무 사발에 한지의 느낌으로 주문했으니 그런 줄 알아."

"옛썰, 셰프님!"

종규가 거수경례로 뜻을 받았다.

그때 민규의 핸드폰이 울렸다. SBC의 김선달 피디였다.

"이 셰프님, 저 김선달입니다."

전화 속의 목소리는 절절 끓고 있었다. 그 폭열의 이유가 바로 흘러나왔다.

"박세가 선생이 배틀을 수락했습니다."

"⋯⋯!"

"길게 끌 거 뭐 있냐고 당장에라도 보자고 해요. 괜찮겠습니까?"

모레.

전격적인 수락이었다. 하긴 그로서는 벼르던 차였으니 당연한 일일지도 몰랐다.

"그 콜, 받죠."

"그럼 모레 오후에 저희 스튜디오에서 뵙는 걸로 하겠습니다. 녹화 진행은 세 가지 시나리오를 짜봤는데 박세가 선생은 아무거나 상관없다고 합니다. 제가 이메일로 전송할 테니 검토하시고 결정해 주십시오."

"모레 오후는 안 됩니다. 중요한 예약이 있습니다."

"그럼 그다음 날은?"

"가능합니다. 촬영 시나리오 이메일은 필요 없습니다. 요리라면 이론이든 실전이든 저도 상관없으니까요."

"이야, 이 셰프님도 화끈하시군요?"

"지금 아예 결정하시죠."

"그럼 군더더기 없이 궁중요리 재현으로 가겠습니다. 진행은 저희가 알아서 할 테니 두 분은 칼, 그리고 꼭 알리고 싶은 궁중특선요리 재료나 비기의 재료가 있다면 그것만 들고 오시면 되겠습니다. 일반적인 것 외에 필요한 재료가 있으면 미리 신청하시고요."

"판정단 같은 것도 있나요?"

"그래야 하지 않을까요? 누군가는 두 분 요리의 우열이나 적통을 가려주거나 해설을 해야 할 것이니. 하지만 셰프께서 불리하지 않도록 중립적인 인물이나 진보적인 전문가를 모시도록 하겠습니다."

"박세가 선생과 제가 아니고 다른 사람의 경우라면 어떻게 초빙을 하시나요?"

"그야 박세가 선생과 차영순 선생의 추천을 받아서……."

"그럼 하던 대로 하십시오."

"예?"

"현재의 궁중요리는 어차피 박세가 선생의 판 아닙니까? 그런 차에 중립이니 진보니 해봤자 그 힘이 얼마나 크겠습니까? 정도의 차이일 뿐 다 박세가 선생의 영향력 안입니다. 그러니 제 요리가 적통이라는 걸 확인하려면 이 판 자체를 깨야 합니다. 그러자면 전면전이 답이지요."

"셰프님."

"그럼 3일 후 오후에 뵙겠습니다."

민규가 먼저 전화를 끊었다.

"밥도둑 피디?"

종규가 물었다.

"그래."

"그런데 왜 그런 조건으로 붙어?"

종규 얼굴에도 우려가 번지고 있었다.

"종규야."

"형……."

"형이 저번에 뉴욕에 갔었잖냐? 기억하지?"

"그야……."

"거기서 플랜츠새우 시식 요리 만들 때 시식 테이블에 누가 앉았었는지 아냐?"

"쟁쟁한 사람들이 앉았었다며?"

"박세가 주변 사람들이 쟁쟁할까? 아니면 그 사람들이 더

쟁쟁할까?"

"……!"

"알았으면 가서 황 할머니가 가져온 야생초 씨앗, 좋은 놈으로 몇 가지만 추려놔라. 알았지?"

"……."

종규, 민규의 설명에 오금이 저려왔다. 더 물을 수도 없었다. 민규의 말속에 모든 것이 함축된 까닭이었다. 민규는 이미 종규가 알던 예전의 형이 아니었다. 종규가 난치병에서 완치된 그날 이후, 민규의 카리스마 또한 저 높은 곳에 올라가 있었다.

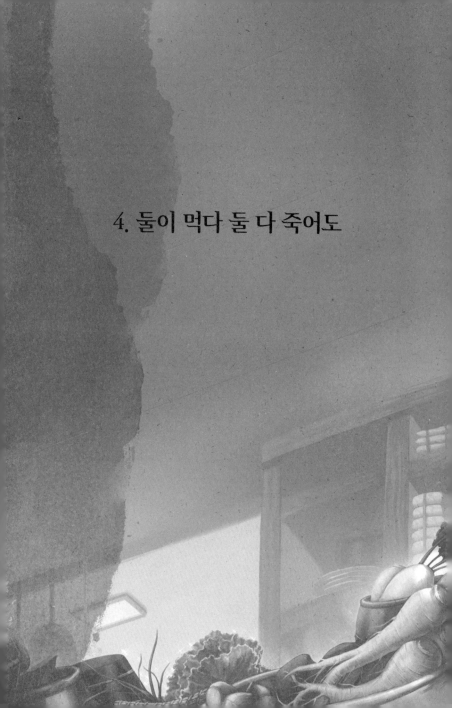

4. 둘이 먹다 둘 다 죽어도

수극화 화극금 금극목 목극토 토극수.
수생목 목생화 화생토 토생금 금생수.
단맛은 신맛에 의해 억제되고.
짠맛은 단맛에 의해 억제되고.
쓴맛은 짠맛에 의해 억제되고.
매운맛은 쓴맛에 의해 억제되고.
신맛은 매운맛에 의해 억제되고.

이른 아침, 주방에는 오미가가 울려 퍼졌다. 재희와 종규의
합창이었다. 새벽 장이 끝나면 벌어지는 흥겨운 요리 수업. 둘

은 경쟁적으로 요리에 재미를 붙여 나갔다.

"수극화란, 신장은 심장을 이기니 무서움이 기쁨을 이기고, 화극금이란, 기쁨은 슬픔을 이기니 심장은 폐장을 이기고, 금극목이란, 슬픔은 분노를 이기니 폐장이 간장을 이기고, 목극토란, 분노는 생각을 이기니 간장이 비장을 이기고, 토극수란, 생각은 놀라는 것을 이기니 비장은 신장을 이기고……."

민규가 운을 떼면 두 입이 바로 뒤를 이었다.

"아, 오미의 상생과 상극이 오장의 작용과 이어져 병을 다스릴 수 있는 거로군요?"

재희가 물었다.

"그렇지. 우리가 먹는 요리는 오장육부와 연결되니까. 물이든 바람이든, 냄새든."

"언제 어디서든, 밥상이든 비행기든 배든 잠수함에서든요?"

"그렇지. 특급 호텔의 테이블이든 가난한 사람의 소반이든."

"그런데 셰프님."

"왜?"

"기내식은 진짜 맛이 없어요? 저 비행기 한 번도 못 타봤거든요."

"기내식?"

"네, 요즘 기내식 말이 많잖아요? 기내식이 준비가 안 돼서 대란이 났다고… 제가 볼 때는 그렇게 준비가 안 되면 김밥이나 햄버거라도 사서 실어주면 되는 거 아닌가요? 임시로 과자 같은 거 제공하는 것보다는 나을 거 같던데······."

"기내식은 그렇게 간단하지 않아. 게다가 비행기 안의 승객은 국적도 다양하고. 한국이나 일본 사람들은 김밥을 좋아하지만 다른 나라 사람들은 안 먹을지도 몰라."

"어머, 그렇네요?"

"햄버거도 마찬가지지. 한국에서도 나이 드신 분들 중에는 햄버거 쳐다보지도 않는 사람들 많잖아?"

"그것도······."

"게다가 요리는 비행기 고도에서 맛이 변하거든."

"우와."

"말 나온 김에 체크해 볼까? 비행기가 날아가는 고도는 대략 3만 피트라고 지상에서 약 9㎞쯤 되는 상공인데 여기서는 기압과 습도가 격하게 낮아지거든. 이 때문에 맛을 감지하는 레이더 미각세포와 후각세포 기능이 떨어지게 돼. 이렇게 되면 오미 중에서 단맛과 짠맛의 구분력이 세트로 다운그레이드."

"단맛과 짠맛요?"

"그래서 기내식은 소금과 설탕을 약 30% 더 첨가해 만들어야 땅에서 먹을 때와 비슷한 맛이 나는 거지. 말하자면 기내식은 동종 땅요리에 비해 고열량?"

"앗, 내 살이야!"

재희가 몸을 움츠렸다.

"그런데 신맛, 쓴맛, 매운맛 감지력은 거의 불변. 하지만 쓴

맛이나 매운맛은 싫어하는 사람이 많다 보니 그렇게 만들 수
도 없는 일."

"……"

"소음과 기압도 미각을 저해하는데 특이하게도 소음 속에
서 더 맛나게 느껴지는 맛도 있지. 뭘까?"

"매운맛?"

"감칠맛!"

"예? 감칠맛요?"

"감칠맛은 소음 속에서 도리어 강하게 느껴지는 맛이야. 실
험하고 싶으면 시끄러운 곳에 가거나 높은 음의 음악을 들으
면서 토마토주스 같은 걸 마셔보도록. 토마토에 든 감칠맛 덩
어리 글루탐산이 제대로 반응하는 걸 알게 될 테니까."

"다른 경우는요?"

"낮은 음이 많이 포함된 환경에서는 쓴맛이 도리어 강해지
지."

"셰프님은 언제 그런 거까지 공부했대요?"

"처음에는 나도 건성이었는데 하나하나 눈을 뜨다 보니 자
연스럽게 연결이 돼. 재희도 언젠가 그렇게 될 거야."

"요리는 할수록 어려워요. 그냥 맛있게만 하면 되는 것 같
은데……."

"그러니까 실습!"

민규가 두 제자(?)에게 팬을 안겨주었다. 입만 나불거려서

익힐 수 있는 요리 따위는 없었다. 그사이에 민규는 방금 도착한 재래닭 재료를 풀었다. 새벽에 잡아서 가져온 재래닭은 아직도 온기가 남아 있었다. 하지만 민규 손이 잡은 건 재래닭이 아니라 재래오리였다. 특별히 쓸 일이 있었다.

"셰프."

예약 시간이 가까워지자 전화가 들어왔다. 원장보였다.

"지금 출발하려고 합니다."

"네, 조심해서 오십시오."

민규가 답했다. 요리 준비는 이미 끝난 후였다.

원장보의 차는 예약 시간에 맞춰서 도착했다. 이번에는 원장보가 직접 운전을 하고 있었다.

"셰프."

조수석 문을 열어주자 아이즈먼이 반가운 표정을 지었다. 그리고 민규와 가벼운 포옹을 나누었다. 이제 세 번째 만남. 신분의 차이도 컸지만 그런 건 문제가 되지 않았다. 요리 하나로 통하는 두 사람이었다.

"셰프, 이거 받으시죠."

원장보가 작은 선물을 내밀었다.

"뭐죠?"

"우리 홍화선 씨요. 그쪽 어머니께서 보내시는 선물입니다. 여기서 죽을 먹고 개운하게 잤는데 그 후로는 피로가 느껴지지 않는답니다."

원장보가 내민 건 짚으로 만든 민속 인형 세트였다. 민규 가게의 분위기와 잘 맞을 것 같았다.

"오늘은 어떤 요리로 올릴까요?"

연못가의 테이블로 안내하며 민규가 물었다.

"셰프의 처분에 맡기겠습니다."

아이즈먼의 대답은 정해져 있었다. 하지만 표정이 자연스럽지 않았다. 상지수창을 다시 보았다. 약간의 문제가 있었다. 방광과 소장 쪽의 혼탁이었다. 희미하게 형성된 걸 보니 최근의 애로였다. 그 혼탁은 입으로 이어졌다. 입속에 자리 잡은 작고 똘똘한 혼탁. 바로 구내염이었다.

"입안에 문제가 생기셨군요?"

민규가 물었다.

"어, 그걸 어떻게?"

"구내염이죠?"

"맞아요. 한국에 온 첫날, 디저트로 사과를 먹다가 살짝 물렸는데 이게 그만……."

아이즈먼이 입을 옴짝거렸다.

구내염.

성가시다. 음식을 먹을 때는 더욱 그렇다. 더구나 저 정도 크기라면 미식을 제대로 즐길 수 없었다. 음식물이 들어오면 통증이 따라오는 까닭이었다.

"제가 해결해 드리겠습니다. 원장보님은요?"

"저도 아이즈먼과 이하 동문입니다."

원장보도 민규에게 전권을 넘겨주었다.

"그렇다면 오늘은 황제의 특식으로 모시겠습니다."

민규, 가벼운 인사를 놓고 돌아섰다.

주방으로 오면서 홍화선에게 감사 전화를 걸었다. 그날, 홍화선이 받은 건 혜택이 아니라 피해였다. 민규의 잘못은 아니었지만 답례까지 하니 그냥 넘어갈 수 없었다.

"이거 적당한 데다 잘 올려놔라."

인형을 종규에게 주고 마당으로 나갔다. 화단에서 장미꽃과 잎사귀를 몇 장 따 들었다. 꽃 하나에 잎사귀 네 장을 합치니 아이즈먼의 구내염 혼탁과 같은 느낌이 왔다. 그걸 팔팔 끓였다. 이쯤이면 되었다 싶을 때 초자연수 조사탕을 한 방울 섞어주었다. 조사탕은 당뇨와 함께 입이 마를 때 좋았다.

"이걸 물고 계시다가 뱉으시면 구내염이 가라앉을 겁니다."

아이즈먼에게 따뜻한 장미탕을 건네주었다. 동의보감에도 나오는 구내염 치료법. 초자연수를 넣었으니 효과는 의심할 바가 없었다. 민규를 신뢰하는 아이즈먼이기에 군말 없이 그 잔을 받았다. 장미탕을 다 마신 후에 전채 물요리를 세팅해주었다.

"저희 집 단품 요리로 선보이게 될 약수 세트입니다. 공식적으로는 처음인데 훌륭한 분들에게 첫선을 보이게 되어 영광입

니다."

"오오!"

"으아!"

두 손님의 눈이 휘둥그레졌다. 매혹스러운 유리컵, 그 안에 요정처럼 들어앉은 초자연수. 두 분위기가 상승작용을 일으키면서 물은 그야말로 신성수처럼 보였다.

주방으로 돌아와 팔을 걷어붙였다. 이제 두 황제를 위한 특식을 시작할 차례였다.

재래오리 세 마리.

오늘 황제에게 진상될 식재료였다.

오리와 거위.

그중에서도 오리찜 먼정야즈는 민규의 전생인 이윤에게 있어 거위구이와 함께 주특기에 속하는 요리였다. 게다가 황제들도 오리찜을 좋아했다. 당의 현종만 해도 전설적인 문신 이백에게서 거위찜을 받아 맛나게 먹었다는 기록이 전할 정도였다.

민규는 황제에게 바치듯 정성껏 손질했다. 일단 관절을 털어 뼈를 솎아내는 발골발종법부터 시작했다.

투두둑!

오리 뼈 쏟아지는 소리가 듣기에 좋았다. 다리뼈만 남기고 두 개의 찜 그릇에 넣었다. 소흥주는 없지만 비슷한 술은 많았다. 이번에는 전주에서 구해 온 모주를 사용했다. 구기자와 삼칠초 등의 향신료에 더해 부추까지 찔러 넣고 젖은 한지로 입구를 봉했다. 찜 그릇 안에서 조화를 이루는 향을 가두려는 조치였다.

딸깍!

두 찜 그릇에 불이 당겨졌다.

남은 한 마리를 손질해 가슴살을 베어냈다. 지장수에 담가 핏기를 없앤 후에 끓는 물에 살짝 익혀냈다. 다음은 칼질이었다. 칼질이 끝나자 가슴살은 마치 소면처럼 세밀하게 잘려 있었다. 육(肉)발은 밀가루와 찹쌀가루를 섞은 분말을 묻혀 한소끔 끓여냈다.

백미는 그다음이었다. 육발의 양을 가늠한 민규가 물에 식용금을 풀었다. 금이 풀리자 수면은 황금 막을 이루었다. 육발이 투하되었다. 가볍게 휘저어 꺼내놓았다. 육발은 눈부신 황금 옷을 입고 나왔다. 완벽한 황금육국수가 된 것이다.

그대로 두고 송고병(松膏餠) 요리에 임했다.

송고병은 원래 소나무 껍질을 벗겨 만든다. 하지만 민규가 미리 준비한 소나무는 그냥 소나무가 아니라 황송이었다. 이 껍질을 전처리 하고 하룻밤이 지난 후에 찧어서 찹쌀가루와 섞어 떡을 만드는 것이다. 그런 다음 참기름으로 지져 붉은색이 날 때 쑥대발에 놓아 식히면 완성이었다.

그냥 지지지 않고 솔잎으로 문양을 삼고 친척뻘인 잣을 놓아 솔방울인 양 포인트를 주었다. 보기에도 시원한 궁중백김치인 침백채를 썰어내는 것으로 메인 요리가 끝났다.

황궁오리찜.

황궁비빔육면.

궁중박대묵.

궁중침백채.

황궁송고병.

황궁오색부각.

황제의 특식을 실은 카트가 테이블에 도착했다. 민규의 세팅은 거꾸로였다. 메인부터가 아니라 침백채, 오색부각, 박대묵부터 내려놓은 것이다. 그 뒤를 이은 게 송고병이었다.

"……!"

아이즈먼이 흠칫 반응을 했다. 우아한 모양 때문이었다. 그몸통에 수놓아진 솔잎 때문이었다. 아니, 진짜 놀란 건 송고병에 박힌 세 알의 잣 때문이었다. 잣이 아니라 황금이었다. 잣은 원래 속살이 노랗다. 하지만 그래서 황금으로 보인 게 아니었다. 민규의 필살기가 된 중첩포막법의 발현이었다. 황금막을 씌웠으니 황금으로 보이는 게 당연했다.

뭐라고 물어볼 사이도 없이 더 놀라운 게 나왔다.

"……"

아이즈먼과 원장보의 시선은 전율하고 있었다. 두 개의 접시에 올라앉은 면발 때문이었다. 오리 뼈와 허드러기 살을 푹고아낸 육수를 바탕으로 만든 선홍빛 소스. 그 위에 돌돌 말린 면발은 면이 아니라 황금 실을 말아놓은 듯 보였다. 돌돌 말린 꼭대기에는 소스와 같은 빛깔의 살구정과가 놓였다. 그 위에 앉은 두 마리의 나비. 그중 한 마리는 진짜 나비였으니, 약속이나 한 듯 하르르 날아올랐다.

"셰프……."

원장보의 발음은 자신도 모르게 새고 말았다. 요리의 존엄만으로 먹기도 전에 압도당하는 원장보였다.

"죄송합니다. 아직 메인이 남았습니다."

민규의 손이 빠르게 움직였다. 옥침이 고인 손님을 위한 배려였다.

사삭!

마침내 메인 요리가 놓여졌다. 민규는 아이즈먼의 것부터 공개했다. 뚜껑을 열자 풍미가 촉촉이 맺힌 한지가 보였다. 그걸 개봉하자 두 손님의 신음이 터져 나왔다.

"아!"

향미 때문이었다. 오리의 푸근함에 더해 아련한 향신료와 알코올, 약재 등이 어우러진 풍미가 후각을 녹여 버린 것이다. 정신 차릴 사이도 없이 시각도 마비되어 버렸다. 맛의 보물단지 안에 오롯한 오리의 자태. 그 또한 그냥 오리가 아니라 금빛 선명한 황금오리였다.

"지난번에 황제의 밥상을 받으셨지만 황제들도 특식을 즐기는 경우가 있습니다. 좋은 날이 그렇고 경사로운 날이 그렇지요. 그래서 황제의 상징인 황금빛을 많이 응용해 보았습니다.

진짜 금덩이가 아니고 식용금을 씌운 것이니 몸속 중금속 배출에도 좋다고 합니다. 편안하게 즐겨주시기 바랍니다."

민규의 설명은 간단했다.

"이게… 진짜 식재료에 식용금박을 한 거란 말입니까?"

아이즈먼의 젓가락이 국수 한 가닥을 집어 올렸다. 아무리 봐도 금국수로 보였다. 입에 넣고 조심스레 물었다.

"……?"

아이즈먼은 네 번 놀랐다. 금줄이 아니었다. 게다가 그 안의 실체… 국수가 아니라 고기였다. 고기도 그냥 고기가 아니라 쫄깃 담백한 맛이 기가 막혔다.

마지막은 구내염. 금빛 요리에 놀라 잠시 잊었다지만 뭔가가 들어오면 쓰라린 고통이 뒤따르던 입안. 그 입안이 아무렇지도 않았다.

상처 부위에 조심스레 혀를 대보았다. 자지러지던 아픔이 없었다. 완전하게 나은 건 아니지만 통증이 감쪽같이 사라진 것이다.

국숫발 하나로 3연타의 쓰리 콤보, 4연타 포 콤보의 충격파.

미치고 환장할 노릇이었다.

5. 심보 삐뚤어진 대가大家님

호로록, 뿍!

쪼로록, 찹!

황금 국숫발이 경쾌하게 넘어갔다. 오리 가슴살의 탱탱한 식감에 입혀진 밀가루와 찹쌀의 앙상블. 그 겉을 둘러싼 금박의 존엄. 의미와 식감의 시너지에 호감까지 더해지니 즐겁지 않을 수가 없었다.

다음은 황금잣이었다. 입안에서 고소하게 씹혔다. 솔잎의 상큼함에 더해지는 소나무 껍질의 묵직한 향기. 입안을 개운하게 물들여 주었다.

놀라움은 여기서 끝이 아니었다. 오리살이 그랬다. 아이즈먼의 식사법은 원장보와 달랐다. 원장보는 입이 미어져라 푸짐하게 먹어댔다. 하지만 아이즈먼은 살을 육수에 적셔가며 음미했다. 원장보는 양을 먹고 아이즈먼은 분위기를 먹었다. 원장보는 더 많은 양을 흡입함으로써 위의 포만감으로 행복해했고, 아이즈먼은 숨어 있는 뒷맛을 찾아내면서 행복해했다.

살집으로 포크를 옮겨 가던 아이즈먼이 숨결을 멈추었다.

"……"

포크가 조금 빠르게 움직였다. 그러다 다시 멈췄다. 그의 시선이 민규에게 돌아왔다.

"그 또한 제가 뼈를 먼저 추렸습니다."

"……"

어쩌면 이미 짐작하고 있던 답. 지난번에 굴비에서 경험한 탓이었다. 하지만, 이건 오리였다. 생선 잔뼈와 비교될 수 없는 구조의 오리. 그럼에도 불구하고 잔뼈가 말끔하게 정리된 것이다.

'맙소사.'

탄식만 나왔다.

아삭!

아작!

침백채의 맛도 정갈했다. 오색부각 역시 상큼한 여운으로 입맛을 돋워주었다. 오색 부각의 맨 위층은 호박과 당근 부각이었다. 단순한 오색이지만 황제의 색을 강조하는 걸 잊지 않은 민규였다.

두 황제는 이제 더 이상 말하지 않았다. 어쩌다 나오는 소리는 감탄이거나 감동이었다. 민규가 한 일은 원장보의 빈 접시를 채워주는 것뿐이었다. 그때마다 원장보는 다행이라는 표정을 지었다. 그에게 있어 민규의 요리는 기가 막히게 재미난 영화의 러닝타임이었다. 이제 남은 시간이 얼마 안 되는데, 더 오래 했으면 좋겠는데… 요리가 나올 때마다 그 불안감이 사라졌다. 러닝타임의 연장이었다.

"후아!"

마지막 접시를 비워낸 원장보가 깊고 깊은 숨을 몰아쉬었다.

"이 맛이군요. 둘이 먹다 하나가 죽어도 모른다는 말… 아이즈먼, 죄송합니다."

원장보는 숟가락을 입에 문 채 중얼거렸다.

"왜 미안한 거죠?"

"너무 정신없이 먹어서요. 당신을 대접해야 하는 역할도 잊고……."

"원장보님은 그런 모습이 보기 좋습니다. 먹을 때까지 뭔가를 의식하는 사람은 비즈니스 상대로 믿을 수 없지요."

"방금 그 말씀은?"

"이제 보니 당신도 요리를 아는 게 맞습니다. 미식이 별겁니까? 무아지경으로 요리를 먹는 것 또한 훌륭한 미식의 한 방법이라고 생각합니다."

"아이즈먼."

"한국에 투자하겠습니다. 당신 상관들에게 전화하세요. 내 배가 좀 꺼지면 협상 테이블을 갖자고."

"배가 꺼진다는 건 또 무슨 의미죠?"

"유대인 격언에 그런 게 있습니다. 배가 부를 때는 협상 테이블에 앉지 말라. 배가 부르면 자꾸 너그러워지거든요. 비즈니스란 너그럽자는 자리가 아니라 이익을 챙기자는 자리 아닙니까?"

"아!"

"셰프."

궁중민들레차를 비워낸 아이즈먼의 시선이 민규에게 넘어왔다.

"예."

"오늘 테이블, 내 생애 최고였습니다."

"칭찬해 주시니 감사합니다."

"아닙니다. 솔직히 말하면 한국 정부와 어떤 협상 결과를 얻게 될지 모르지만 그것과 상관없이 이번 한국행은 최고의 성과였습니다. 당신의 요리를 먹었다는 사실만으로."

"아이즈먼……."

"최소한 두 번은 황제 대접을 받았지 않습니까? 많은 나라의 기업들이 내 투자금을 노리고 황제 대접을 하지만, 나는 알고 있죠. 그들의 환대 속에는 가시와 칼이 함께 들어 있다는 것을. 하지만 셰프의 요리에는 순수한 진심과 열정이 가득했습니다."

"……."

"다시 올 겁니다. 그때도 황제의 기쁨을 누릴 수 있도록 해 주시면 고맙겠습니다."

"언제든지요. 제 테이블에 앉는 한 당신은 언제나 제 황제십니다."

"땡큐."

아이즈먼이 민규의 손을 잡았다. 허공에서 마주친 두 사람의 시선에는 정감이 오롯했다.

짝짝!

이제는 분위기를 아는 원장보, 조용한 박수로 분위기를 맞춰주었다.

이날 오후, 아이즈먼은 한국의 대외 자본 유치에 거액의 투자를 결정해 주었다. 방송에서도 속보로 전할 정도였다.

"아, 저기에 우리 형의 요리 비하인드 스토리가 있다는 건 말 안 하네?"

속보를 보던 종규가 쫑알거렸다.

"할 일 없으면 연습!"

민규의 응대는 명료했다.

"형."

내일 아침 죽 재료를 준비하는 민규에게 종규가 다가섰다.

"왜?"

"내일 아침은 쉬는 게 어때?"

종규가 조심스레 의견을 냈다. 오후로 예정된 박세가와의 배틀 때문이었다. 종규는 박세가를 잘 몰랐다. 이번에 민규와 엮이게 되어 검색을 해보니 입이 쩌억 벌어졌다. 한마디로 그는 궁중요리의 전설에 가까웠다.

"왜?"

종규 속을 아는 민규가 태연히 되물었다.

"박세가 선생, 보통 사람이 아니더라고. 재희 의견도 그렇고……."

"집에 간 재희는 왜 팔아먹냐?"

"그냥도 아니고 방송 나갈 거잖아?"

"쫄았구나?"

"형."

"종규야."

팥알을 내려놓은 민규가 종규를 마주 보았다.

"형."

"너 형이 신무기 장착한 거 봤지?"

"하지만 궁중요리는……."

"불안하면 네가 더 열심히 응원해. 그럼 형한테 없던 힘도

생길 거야."

"……."

"알았으면 연습. 사람은 한가하면 잡생각이 바글거리거든. 오늘은 절육(折肉) 10개, 화복(花鰒) 10개 오리기다."

"허걱, 두 가지를 20개나?"

종규가 경기를 했다. 절육은 건어물을 오려 봉황이나 꽃 등을 만드는 일이고 화복은 전복으로 오리는 일이다. 20개를 오리려면 밤을 샐 수도 있었다. 민규의 말은 농담이 아니었다. 바로 건어물과 건전복을 가져왔다.

"대충 오리는 건 카운트에 안 넣는다."

민규가 먼저 오리기 시작했다.

"형."

애교도 통하지 않았다. 별수 없이 종규도 건전복을 잡았다. 하다 보니 재미가 붙었다. 벽 위에 걸린 시계 초침처럼 두 형제의 손은 쉬지 않고 움직였다.

*   *   *

박세가!

진심으로 의식하지 않았었다. 소극적으로 요리에만 집중할 생각도 아니었다. 잘난 권위를 내세워 도발한다면 응징할 생각이었다. 민규는 그 자격에 더해 능력까지 갖추고 있었다. 이

윤과 권필, 정진도의 생애라면 그러고도 남을 능력이었다.

민규의 마음은 오전 예약을 끝내고 초빛을 떠날 때까지도 그랬다.

"진짜 이런 거 안 봐도 돼?"

운전대를 잡은 종규가 조선시대의 특별한 궁중요리 목록을 보여주었을 때도 마찬가지였다. 오만해서가 아니었다. 고려 말 당대 최고의 대령숙수 권필, 조선 후기 최고의 한의사이자 식치였던 정진도의 요리 능력. 그 능력만 해도 한말 잠시 궁궐 숙수를 했다는 박세가에게 밀리는 건 있을 수 없는 일이었다.

하지만 민규의 담담함은 방송국 복도에서 살짝 내려앉았다. 거기 새까맣게 모여든 박세가의 제자들이 시작이었다.

많았다.

"존나 많이도 불렀네."

종규의 느낌도 같았다.

박세가는 대학과 대기업에 출강을 했었다. 그렇기에 요리학과 제자들과 함께 인맥이 많았다. 그 분야의 최고 권위자였으니 그의 권위에 기생하는 사람도 많았다. 그들은 이제 박세가 선친의 친일 시비나 대령숙수 진위에 대해서는 관심이 없었다. 그들의 관심은 단 하나였다.

'어떤 싸가지 밥 말아 먹은 자식이?'

'어떤 개념 쌈 싸 먹은 놈이?'

'어떤 정신머리 무인도로 가출한 새끼가?'

감히 우리의 우상 박세가 선생님에게!

민규가 복도에 들어섰을 때 그들의 시선이 던지는 눈치는 거의 한결같았다.

"허어, 대갈통에 피도 안 마른 놈이네?"

"아니, 저런 어린놈이 뭘 안다고?"

"하여간 요즘 젊은 놈들은 겉멋만 들어가지고……."

민규가 지나갈 때 그들의 시선은 노골적인 언어가 되어 튀어나왔다. 일부는 행동으로 옮기기도 했다.

"이거 말이 됩니까? 이런 방송은 우리 선생님에 대한 모욕입니다."

"당장 취소하세요."

몇몇이 소란을 부리자 김선달 피디가 나왔다.

"박세가 선생님이 허락하신 일입니다만."

피디는 길게 말하지 않았다. 그래도 웅성거림이 잦아들지 않자 한마디를 더 붙여놓았다.

"자꾸 문제를 삼으시면 녹화를 비공개로 할 수도 있습니다."

"……."

그제야 소란이 잦아들었다. 그는 능수능란했다. 대중을 어떻게 다뤄야 하는지를 잘 아는 사람이었다.

"KTBC 출연하셨었죠?"

회의실에 들어서자 김선달이 물었다. 안에는 작가와 두어 명의 스태프가 자리를 하고 있었다. 박세가는 아직 보이지 않았다.

"예."

민규가 답했다.

"우리는 어떻습니까?"

"글쎄요, 아직 요리를 안 해봐서……."

민규는 큰 의미를 두지 않았다.

"좋습니다. 그 카리스마와 배포… 그거 카메라 앵글 속에서 그대로 재현되면 대박인데……."

"카리스마가 요리를 하는 건 아닙니다만."

"아, 그렇기는 하지요. 하지만 아무래도 그림이 잘 나오면 좋지요. 박세가 선생님 오기 전에 간단하게 얼굴 분장 좀 다듬을까요?"

"화장이라면 사양합니다."

"왜요? 이건 세계적인 셰프들도 다 하는 과정입니다."

"그 셰프는 그 셰프고 저는 접니다. 대령숙수가 화장을 한다는 건 들은 바 없으니 올바르지 않다고 생각합니다. 지난번 KTBC 방송 출연 때도 그랬습니다."

"셰프, 우리 분장은 무자극에 무향, 무취……."

스태프 중의 한 명이 설득을 하고 나왔다. 분장사인 모양이었다.

"좋은 요리를 위해서라면 차라리 손을 닦겠습니다. 요리사의 매너는 그쪽이 더 아름다우니까요."

민규의 답은 확고했다.

"선생님은 늦네? 체크해 봐."

뻘쭘해진 김선달이 화제를 돌렸다. 스태프가 전화를 걸었다.

"지금 주차장이랍니다."

스태프의 보고가 있고 나서 10여 분, 마침내 박세가가 문을 열고 들어섰다. 그의 옆에 수행원이 있었으니 민규의 초빛에서 간을 보고 갔던 차영순이었다.

"자네가 이민규인가?"

현대식 한복을 맞춰 입은 박세가, 배에 힘이 들어간 울림소리가 나왔다.

"처음 뵙겠습니다."

민규가 담담히 답했다.

"듣던 대로 핏덩이로군."

박세가가 싸아하게 웃었다. 민규도 비슷한 웃음으로 받았다. 그는 요리사가 아니라 연예인처럼 보였다. 팽팽하게 얼굴을 편 성형술이 그걸 말해주었다. 이미 80줄을 넘은 노익장. 세월의 훈장이 은은하게 새겨진 주름살이 아름다울 나이였지만 주름은 거의 보이지 않았다. 자연미를 버리고 인조인간이 된 것이다.

염불보다 잿밥에 관심이 많은 사람.

하나를 보면 열을 알 수 있는 것이니 살짝 고조되던 긴장이 사라저 버렸다.

"그래. 나이로 대접받는 시대는 아니니… 네 궁중요리 중에서 무엇에 자신이 있느냐?"

"왕께서 드시는 요리라면 뭐든지 가능합니다."

"뭐든지라… 왜, 내명부와 왕족까지 가능하다고 하지 않고?"

"그 또한 가능합니다."

"……?"

"원로에 피로하실 텐데 바로 시작하실까요? 아니면 숨을 고를 시간 동안 기다려 드릴까요?"

"이런 고얀!"

권위에 기대 기세를 올리던 박세가가 본색을 드러냈다.

"아아, 진정들 하세요. 일단 진행 상황부터 체크해 주셔야겠습니다."

피디가 진행안을 꺼내놓았다.

1안.

2안.

3안.

이메일로 보내온 것과 크게 다르지 않았다.

"나는 상관없어요. 젖먹이 같은 친구에게 한 수 지도하는 마당에 고르고 자시고 할 게 있나?"

박세가가 여유를 부렸다.

"저 역시 연장자의 뜻에 따르도록 하지요."

민규도 개의치 않는다는 의사를 밝혔다.

"그렇다면 3안으로 가겠습니다. 일단 궁중요리가 주제이니 궁중요리에 대한 소견을 나누고 우리 생활과 밀접한 요리 한두 개, 그다음은 대표적인 궁중요리, 또 그다음은 비기로 전하는 주특기 요리나 요리의 원형에 접근하는 주제가 되었으면 합니다. 다만 요리의 주제 선택은 저희 제작진이 아니라 오늘 모신 전문가 여러분께서 추천하는 방식으로 하겠습니다. 어떻습니까?"

"상관없어요."

"저도 그렇습니다."

박세가에 이어 민규도 동의를 했다.

"그리고……."

김선달 피디, 잠시 스태프를 불러 뭔가를 묻더니 놀라운 사실을 발표했다.

"오늘 특별한 분이 한 분 더 오시고 계십니다. 박세가 선생님은 알고 계실 것 같은데요?"

피디가 박세가를 바라보았다.

"영부인 말씀이군요."

박세가가 빙긋 웃었다.

영부인.

그녀도 박세가와 관련이 있는 모양이었다.

"한때는 내게 궁중요리를 배우기도 하셨죠. 워낙 우리 것에 관심이 많은 분이시라 이 소식을 듣고는 참석하시겠다고 하시더군요."

"이야, 영부인께서 선생님 제자란 말씀입니까?"

"뭐 따지면 그렇게 되지요. 그분뿐이 아니라 역대 영부인 중에서 세 분이 내 요리를 배워 가셨소이다."

"……"

"그나저나 녹화 전에 여기 젊은 친구와 잠시 궁중요리에 대해 견해를 나눠도 되겠소?"

박제가가 피디를 바라보았다. 말귀를 알아들은 피디가 옆 방문을 열어주었다.

"젊은 친구, 네 선조 중에 대령숙수라도 있느냐?"

문이 닫히자 박세가가 다짜고짜 추궁을 해왔다.

"있습니다."

"누구더냐?"

"첫 선조는 고려 말의 대령숙수셨습니다. 공양왕을 위시해 몇 왕을 모셨습니다."

"고려 말? 푸하하핫!"

박세가가 박장대소를 터뜨렸다.

"고려 말은 안 되는 겁니까?"

"젊은 친구, 대령숙수라는 말은 조선대에 이르러 생긴 말이야. 갖다 붙이려면 뭘 그럴듯하게 붙여야지."

"고려에도 대령숙수는 있었습니다. 다만 역사적으로 전하지 않을 뿐."

"근본이 없는 것들은 증명할 수 없는 것을 내세워 자신을 포장하게 마련이지."

"역사가 모든 것을 증명할 수 있는 건 아닙니다."

"차치하고, 정신일도하사불성의 각오로 요리하거라. 네 혹여 허망한 실력으로 궁중요리를 욕보인다면 다시는 궁중요리에 발붙이지 못할 것이니."

박세가가 기염을 토했다.

"제가 드릴 말씀입니다. 보아하니 위장 기능이 좋지 않은데 신경 많이 쓰시면 해가 됩니다. 평안하게 요리에 임하시기 바랍니다."

민규는 친절로 응수했다. 그는 土형 체질로 비장위장이 부실했다. 그중에서도 위장과 대장이었으니 곳곳에 혼탁 뭉치가 보인 것.

"뭐라?"

박세가는 각을 세우고 나왔다.

"나아가 궁중요리의 적통만을 보여주시기를 바랍니다."

"뭐라?"

"선생님의 위세대로, 오직 정통궁중요리로 저를 눌러달라는 겁니다. 그게 제 바람입니다."

"이런 무례한!"

흥분한 박세가가 손을 치켜들었다. 그때 노크 소리와 함께 문이 열렸다.

"녹화 스튜디오로 가시죠. 고증 심사를 맡아주실 전문가분들이 다 도착하셨습니다."

피디였다. 박세가는 황급히 표정을 바꾸었다.

"가세."

복도로 나오자 손님들이 있었다.

"박 선생님, 이 셰프님."

약선요리를 하는 광보 스님이었다. 옆에는 다른 비구니가 한 사람 보였다.

"어이쿠, 우리 광보 스님과 월하 스님도 오셨군요."

박세가가 너스레를 떨었다.

"역사적인 궁중요리 재현이 벌어진다기에 달려왔어요."

"고맙습니다. 좋은 기억이 되도록 최선을 다하겠습니다."

박세가가 인사를 하고 지나쳤다. 민규도 인사를 마치고 스튜디오를 향했다.

"우리 이 셰프님 어때요? 저 나이에 박세가 선생과 한자리에 서다니 궁중요리의 발전을 기대해도 되겠죠?"

광보가 월하에게 물었다.

"나이는 어리지만 내공이 만월이네요. 전생 요리사예요. 그것도 두 생 정도?"

"네?"

"한 생은 까마득한 옛날, 또 한 생은 궁중의 대령숙수… 어린 나이에 박세가 선생과 궁중요리를 논할 만하네요."

"정말 그래요?"

"그럼요. 올 때는 박세가 선생의 요리를 구경할 생각이었는데 저 셰프의 전생을 보니까 생각이 달라졌어요. 오늘 박세가 선생, 잘못하면 망신살이 뻗칠지도 모르겠는데요?"

월하 스님이 웃었다. 그녀는 전생을 보는 스님으로 유명한 사람이었다.

"형."

스튜디오 앞에서 종규가 손을 흔들었다.

"제 동생입니다. 녹화장에 들어가도 되겠죠?"

민규가 피디에게 물었다.

"물론입니다. 다른 분들은 녹화장에 와계실 겁니다."

"다른 분이요?"

"들어가 보시면 아실 겁니다."

피다가 민규 등을 밀었다.

"……!"

녹화장에 들어선 민규, 흠칫 놀라고 말았다. 고증에 자문을 겸한 심사단 진용 때문이었다. 믿기지 않게도 거기 변재순이 있었다.

박세가와 쌍벽을 이루는 궁중요리의 대가.

그러나 두 번의 청와대 만찬 이외에는 자신의 주방을 떠나지 않았던 순수요리가.

그녀가 첫 좌석을 차지하고 있는 것이다.

나머지 심사단의 면모 또한 어마무시했다.

이현종 봉황대학교 인문대학장.

손승기 대한대학교 전통조리과 종신 교수.

권병규 국립민속박물관장

진우재 한국궁중요리학회 부회장.

여기에 변재순을 더하니 한마디로 천하 대가의 진용. 한국
전통요리의 핵심을 옮겨놓은 듯한 분위기였다. 그들 뒤로는
약선요리, 궁중요리 관련자들이 포진했다. 스님도 보였고 약선
이나 궁중요리를 배우는 학생들도 보였다. 그야말로 이 분야
의 빅 이벤트가 된 것이다.

민규를 슬쩍 견제한 박세가, 심사단석으로 내려가 인사를
건넸다.

"어려운 걸음 하셨습니다."

박세가가 변재순을 챙겼다. 겉보기에는 적어도, 깍듯했
다.

"수고 좀 해주시게."

다음 인물에게는 반말이다. 보아하니 죄다 지인들이었
다. 궁중요리계는 넓지 않았다. 그러니 박세가와 안면이 없을

수 없는 전문가들. 그런 측면에서 보면 그들 모두가 민규의 잠재적인 적인 셈이었다.

다만 한 사람, 진우재와의 인사는 몹시 불편해 보였다. 진우재의 성향 때문이었다. 그는 보수 성향의 궁중요리학계에서 독야청청 진보 이론을 펼치는 학자였다. 그렇기에 박세가 부친과 그의 실체에 대해서도 꾸준한 의문을 제기하는 터였으니 살가울 리 없었다.

김선달 피디, 그나마 민규 쪽에 가까울 수 있는 인사를 끼워놓은 것이다.

"흠흠."

박세가는 까칠한 헛기침으로 진우재의 섭외에 불만을 표했다. 순간 변재순의 안면에 미세한 흔들림이 보였다. 그녀는 애써 진우재를 외면하는 눈치였다.

심사단 뒤로는 박세가의 후진과 제자들이 빼곡히 자리를 잡았다. 적어도 100여 명은 되었다. 민규가 아는 사람은 종규 하나였다. 나쁘지 않았다. 종규라면, 저들을 다 합친 응원보다 뜨거운 응원을 보내줄 테니까.

피디의 소개로 민규도 심사단과 인사를 나눴다.

"반가워요."

변재순은 딱 한마디만을 내놓았다. 다른 사람들은 말조차 없었다. 그나마 마지막에 포진한 진우재가 따뜻한 인사를 건네왔다.

"기대가 큽니다."

그 손을 놓고 다시 조명 아래로 돌아갔다. 피디가 촬영 과정을 브리핑하는 동안 생각했다.

'다른 분들은 녹화장에 와계실 겁니다.'

그건 무슨 뜻이었을까? 그 말뜻은 피디의 설명이 끝날 때쯤 알게 되었다. 오른쪽 출입문이 열리면서 화사한 느낌이 들어섰다.

"……!"

연예인들이었다. 그 선봉에 선 건 우태희와 홍설아였다. 소녀시대 윤화와 그 멤버들, 배여리와 메이플링도 보였다. 그렇게 들어온 연예인들은 무려 20여 명에 가까웠다. 나중에 알았지만 우태희와 홍설아, 그리고 윤화의 주동이었다. 민규를 응원하기 위해 측근이나 같은 소속사 연예인들을 끌고 온 것.

그녀들이 민규를 향해 손을 흔들어 보였다. 그 뒤로 또 다른 무리가 들어섰다. 민규의 약선 도움을 받았던 단골들이었다. 프로그램 예고를 보고는 삼삼오오 응원차 달려와 준 것이다.

판단 불가 약선요리왕 이민규.

신선의 맛, 니들이 그 맛을 알아?

요리의 궁극 이민규 셰프.

의사보다 백배 낫다.

당신의 약선요리 나의 행복.

나의 보물 이민규 셰프.

착석한 단골들이 저마다 종이 카드를 꺼내 들었다. 그제야
무게 추의 균형이 대충 맞는 것 같았다. 천군만마를 얻은 종
규가 웃는 게 보였다.

그때 스태프 하나가 피디에게 달려와 귀엣말을 전했다. 피
디는 목청을 가다듬더니 그 상황을 전해주었다.

"여러분, 영부인께서 이 녹화에 참석하십니다. 번거로운 것
을 싫어하시니 입장하시면 가벼운 박수로 맞아주시면 고맙겠
습니다."

피디가 입구로 뛰었다. 잠시 후, 영부인이 들어섰다. 따라온
경호원 둘은 입구에 포진하고 남자 보좌관만이 그녀를 수행
했다. 박세가가 성큼 그녀를 맞았다.

"오늘 기대가 커요."

영부인이 말했다.

"궁중요리는 제 혼이자 보람입니다."

박세가가 답했다. 이어 피디가 인사를 하고 심사단들이 인
사를 했다. 민규에게도 차례가 왔다.

"아유, 젊으시네."

영부인이 호감을 보였다. 그러자 보좌관이 뭔가를 속삭여
주었다.

"어머, 그분이 이분이에요?"

영부인이 반색을 했다.

"어쩐지 진취적인 기상이 엿보인다 했어요. 아이즈먼의 거액 투자 유치에 도움을 주셨다고요. 요리만 잘하시는 게 아니라 애국까지 하고 계시네요."

"별말씀을……."

"아니에요. 안드레 주도 극찬을 하더라고요. 세상 좁다더니 안드레가 극찬한 사람과 아이즈먼의 투자 유치를 도와준 사람이 같은 사람인 줄 상상도 못 했어요."

영부인이 정다운 미소를 지었다. 옆에 붙어 선 박세가의 얼굴이 급격히 경직되는 게 보였다.

애송아, 잘 보거라.

나는 이런 사람이다.

영부인과의 인연으로 위엄을 세우고 싶었던 박세가. 그 위엄은 똑딱 똑딱 똑딱, 삼초천하에 불과했다. 그에게 보낸 영부인의 미소보다 민규에게 보낸 것이 더 살가웠던 것.

패션의 거장 안드레 주.

글로벌 투자자 아이즈먼.

민규 팬(?)들의 명성은 박세가의 아성을 흔들기에 모자라지 않았다.

짝짝짝!

진행자 채강인이 나오자 열렬한 박수가 쏟아졌다. 여자는 우태희, 남자는 채강인. 대세를 달리는 연예인 중 하나가 진행을 맡았으니 스태프 측이 들인 공을 알 것 같았다.

"선생님."

그가 박세가의 손을 잡았다.

"반갑습니다."

민규의 손도 잡았다.

"영부인님도 와주셨군요. 거기에 우태희 씨하고 홍설아 씨, 윤화 선배님과 배여리 씨에 메이플링까지 총출동. 이거 이 진행 고사했으면 평생 후회할 뻔했는데요?"

채강인이 방청석을 보며 익살을 떨었다. 그런 다음 피디와 몇몇 스태프에게 이야기를 나누고는 바로 자리를 잡았다.

"그럼 시작할까요?"

"네!"

방청석의 연예인들이 소리쳤다.

"박 선생님, 그리고 이민규 셰프님?"

"가시죠."

박세가가 먼저 답을 했다. 민규는 가벼운 고갯짓으로 찬성 의사를 밝혔다.

"문화훈장에 빛나는 움직이는 궁중요리의 교본이자 원조 대가님, 또 한 분은 떠오르는 궁중요리의 스타. 이거 시작도 하기 전에 황홀한 궁중요리들이 눈앞에 어른거려 군침이 흐를 지경입니다만 정신 줄 바짝 당겨놓고 진행하겠습니다. 큼큼."

채강인이 목청 다듬는 것이 신호였다. 조명이 꺼졌다. 무대
는 잠시 침묵에 휩싸였다. 그러다 뒤쪽의 화면에 불이 들어왔
다. 조선왕조의 화려한 궁중요리 이미지였다. 거기서 터진 조
명이 어둠 속의 채강인을 선명하게 밝혔다. 이제 무대에는 그
혼자였다.

"안녕하세요? 밥도둑 '궁중요리, 그 베일을 벗겨주마' 특집
편의 진행을 맡은 채강인입니다."

진행자의 멘트와 함께 왼쪽 출입구에 조명이 들어왔다.

"이 방송을 보시는 시청자님들은 오늘 행운의 날이 아닐 수
없습니다. 왜냐면 바로 이분이 출연하기 때문이죠. 좀처럼 요
리 비술을 드러내지 않는 궁중요리의 살아 있는 전설, 원조의
원조로 불리는 궁중요리의 대가 박세가 선생님입니다."

멘트와 함께 박세가가 들어섰다. 금빛 홍빛 화려한 대령숙
수풍의 요리복으로 갈아입은 그가 그의 요리대에 자리를 잡
았다. 카메라 앵글이 잡은 그는 완벽한 거목이었다. 요리사로
는 최초의 문화훈장 수혜자. 다른 스펙은 더 말할 것도 없었
다.

앵글이 영부인에게 옮겨 갔다. 그녀의 시선은 단아하게 무
대에 고정되어 있었다.

"다음은……"

채강인의 시선이 반대편으로 향했다. 거기에도 조명이 켜졌

다. 이번에는 청색 등이었다.

"궁중요리의 신성, 약관의 나이에 신묘한 약선요리로 화제를 뿌리고 있는 이민규 셰프입니다."

멘트를 따라 민규가 모습을 드러냈다. 민규 역시 대령숙수 풍의 요리복. 그러나 박세가에 비해 청색, 연두색이 많이 들어간 배색이었다.

만월과 신성.

둘의 모습이 극명하게 대비가 되었다.

이어서 또 한 사람의 출연자가 방청석을 흔들었다. 재기 발랄하게 등장한 출연자는 최고의 인기를 구가하는 톱가수 신지유였다.

"오늘 저를 도와 진행을 함께해 줄 신지유 씨입니다."

"우와!"

채강인의 멘트가 나오자 방청석이 출렁거렸다. 그녀는 박세가와 이민규에게 인사를 하고 심사단으로 내려갔다. 위원장을 겸한 변재순이 봉황이 그려진 꾸러미를 건네주었다. 신지유가 그걸 들고 와 요리대 앞의 탁자에 올려놓았다.

"개봉해 주세요."

멘트가 나왔다. 신지유가 봉황 보자기를 풀었다.

"와아!"

방청석이 또 흔들렸다. 그 안에 든 건 위엄 가득한 고려청자 단지였다. 진품은 아니었지만 진품에 가까운 존엄이었다.

"이 안에 열 가지 궁중요리 표찰이 들어 있습니다. 이는 우리 심사단 여러분께서 고심 끝에 선정한 화제로써 오늘 우리가 만나게 될 궁중요리의 진수가 되겠습니다. 다만 시간 관계상 열 가지 요리를 다 선보일 수는 없고 대여섯 가지 정도를 진행할까 합니다. 진행은 각 숙수들께서 차례로 나와서 단지 안의 화제를 뽑아주시면 되겠습니다. 어느 분이 먼저 시작을 하시겠습니까?"

"박세가 선생님이 먼저 하시는 게 옳습니다. 궁중요리에는 유교의 정신도 스며 있으니 장유유서가 됩니다."

민규가 선공을 날렸다. 별일도 아니니 양보해 주는 것이다.

박세가, 민규를 힐금 바라보더니 온화한 표정으로 변신해 단지에 손을 넣었다. 그가 황금빛 한지를 꺼내 신지유에게 건네주었다. 신지유가 그걸 펼쳤다.

─궁중7첩반상 재현.

궁중7첩반상.

기본의 기본인 화제였다. 궁중요리에서는 왕의 수라가 빠질 수 없다. 그렇다면 첫 요리의 출발로 맞춤한 것일 수 있었다.

"시간은 90분으로 하겠습니다. 식재료와 식자재 문 열어주세요."

채강인의 선언이 있자, 민규와 박제가 뒤쪽 벽이 양쪽으로 밀려났다. 거기 모든 것이 있었다. 식기구들 또한 조선왕조에서 두루 쓰는 것들이었고, 식재료는 거의 모든 것들이 넉넉하게 구비되어 있었다. 박제가가 식재료를 향해 걸었다. 정승들처럼 묵직한 걸음이었다.

민규는 손부터 씻었다. 약선의 기본은 깨끗한 손. 민규는 기본을 어기지 않았다.

7첩반상.

박제가나 민규나 처음이 아니었다. 특히 박제가가 그랬다. 그의 진미황실요리는 수라가 전매특허였다. 외국사절이나 내외 귀빈에 연예인들이 좋아했다. 그렇기에 그는 수백 번도 넘는 7첩, 9첩반상을 차려봤을 일이었다.

과연 그랬다. 움직임은 군더더기가 없었다. 다소 느린 듯하지만 그 또한 대가의 여운으로 보였다. 소매를 살짝 걷은 그의 요리 모습은 명인의 그림 그 자체였다.

"이야, 그림이 다르네?"

"그러게. 그냥 교본이잖아? 수라상의 교본……."

"아, 찌질한 우리 강사 요리하는 거 보다가 명인의 손을 보니까 눈이 마구 정화되는 거 같아. 진짜 오길 잘했다."

궁중요리를 배우는 학생들이 이구동성으로 찬사를 보냈다.

'형…….'

그 뒤의 종규는 두 손을 모으고 있었다. 종규는 물론 민규를 믿었다. 하지만 박세가는 커 보였다. 식치방 약선요리 대회와는 또 달랐다. 마치 다윗과 골리앗의 싸움으로 보이는 것이다.

'잘해.'

종규의 기도에 힘이 들어갔다. 간절한 마음을 보태주는 것 외에는 해줄 게 없었다.

화면이 민규를 비추기 시작했다.

"설아야."

방청석의 우태희가 홍설아를 슬쩍 찔렀다. 불안한 시선이었다. 민규의 7첩반상. 재료가 달랐다. 박세가에 비해 턱없이 부족한 재료로 출발하는 민규였다.

홍설아는 핸드폰을 눌러댔다. 검색을 통해 7첩반상을 찾아냈다. 이런저런 그림이 너무 많이 나와 혼란만 가중되었다. 인터넷 자료라는 것은 그저 참고용에 불과하다는 말을 뼈저리게 느끼는 홍설아였다.

하지만 민규는 태연했다. 왕을 위해 밥물을 안쳤다. 이번 밥은 쥐눈이콩을 넣은 콩밥이었다. 솥은 곱돌솥을 골랐고 물은 정화수를 보탰다. 뜸을 들일 때 특별한 재료 하나를 집어 넣었다. 초록이 아름다운 연밥이었다.

7첩반상의 구성은 밥에 국, 구이와 편육, 찌개, 백김치, 자반을 중심으로 꾸렸다. 약선약재로 골라온 건 황기와 인동덩굴.

하지만 참외가 추가되었다. 다들 후식으로 준비하나 싶었지만 그게 아니었다. 참외 씨를 발라낸 민규, 건조기에서 말린 후에 가루를 내어 국에 첨가했다.

여기서부터 두 사람의 요리는 다른 길을 걸었다. 박세가의 상차림은 풍성했다. 소고기 안심을 다지고 양갈비를 구웠다.

생선도 최고급 민어를 가져다 정갈한 탕을 만들었다. 그가 최상품 토하젓을 접시에 담아내자 많은 사람들이 침을 넘겼다. 박세가의 음식에는 고소한 풍미 강화를 위해 참기름이나 들기름이 두루 둘러졌다.

하지만 민규의 편육은 고작 돼지고기였다. 구이는 조갯살이었고 탕은 참조기로 끓여냈다. 나물 역시 두릅이나 가죽나물 등의 고급을 뒤로하고 콩잎을 삶아 무쳤다. 장은 태운 간장으로 맞췄다. 그 무엇에도 기름은 첨가하지 않았다.

"아, 마침내 수라상이 위용을 드러내기 시작합니다."

80여 분이 지나자 채강인이 침을 넘겼다. 상차림의 틀이 보이기 시작한 것이다. 박세가가 돌솥의 뚜껑을 열었다. 푸근한 김이 무럭무럭 밀려 나왔다.

"와!"

방청석에서 감탄이 밀려 나왔다. 흰쌀밥이 머금은 윤기는 양귀비의 뽀얀 피부를 능가하고 남을 자태였다. 윤기가 좌르르 흐르는 쌀밥을 필두로 박세가의 성찬이 자리를 잡았다.

—흰쌀밥, 양지머리 곰탕, 맑은 민어찌개, 토장 천엽찌개, 소고기수육, 양갈비구이, 물김치, 토하젓, 다시마자반, 가죽나물, 세 가지 쌈, 식해, 간장, 초장, 겨자.

　그 가짓수만 무려 열다섯에 이르렀다.

　그에 비해 민규의 밥은 팥물밥인 적두수화취. 그 뒤를 이어 상차림이 끝났지만 박세가의 수라상보다는 초라해 보였다.

　—연밥 올린 쥐눈이콩밥, 미역국, 참조기찌개, 돼지고기편육, 조갯살구이, 백김치, 콩잎무침, 태운 간장.

　민규 상의 가짓수는 고작 여덟에 지나지 않았다.

　"우!"

　두 개의 수라상이 화면에서 비교되자 방청석이 술렁거렸다. 심사단의 분위기도 다르지 않았다.

　"아, 7첩반상… 하지만 그냥 보기에는 완전히 다르게 나왔습니다."

　채강인이 수라상 앞으로 다가섰다. 민규의 수라를 본 박세가의 입가에 냉소가 스쳐 갔다. 찬품 가지가지의 요리 솜씨는 뛰어나지만 재료 자체가 헐렁하기 그지없는 것이다.

　"두 분의 요리는 굉장합니다. 옆에 서 있는 것만으로도 군침이 주체가 되지 않는군요. 하지만 아무래도 설명이 필요할 것 같습니다, 박세가 선생님."

　채강인이 박세가를 바라보았다.

　"제 수라상은 시의전서에 나오는 정통 수라상입니다. 한 치의 오류도 없습니다."

"이민규 셰프님."

"제 수라상은 원행을묘정리의궤의 7첩반상에 따랐습니다. 따라서 이는 정조대왕에게 올리는 약선궁중요리가 되겠습니다."

민규가 답했다.

"자, 두 셰프의 설명이 나왔습니다. 어떤 분께서 이 상황의 설명을 맡아주실까요?"

채강인이 심사단을 바라보았다. 손승기가 발언에 나섰다.

"두 분의 말이 다 맞습니다. 원행을묘정의궤는 1795년에 편찬된 책인데 7첩반상의 그림에서 이민규 셰프와 같은 예를 들고 있습니다. 시의전서는 1800년대 말의 책인데 그 기록에 의하면 7첩반상의 구성이 박세가 선생님의 요리와 같습니다."

"흥미롭군요. 같은 조선의 수라상일진대 어떻게 다른 그림이 나올 수 있는 겁니까? 두 셰프께서 설명을 해주실 수 있을까요?"

채강인이 민규와 박세가를 바라보았다.

"공부 머리는 젊은 친구들이 나을 테니 양보를 하지요."

박세가가 공을 넘겼다.

"간단하게 말씀드리자면……."

민규, 잠시 숨을 고른 후에 말을 이어나갔다.

"시의전서의 일부 기록은 신뢰하기 어렵습니다. 그중에서도 수라상 차림이 그렇습니다."

"……!"

민규의 한마디, 당장에 파문이 되었다. 박세가는 물론, 방청석과 심사단 전체가 술렁거렸다.

"아, 잠깐만요. 그 말씀에는 근거가 있겠죠?"

채강인이 순발력을 보였다.

"심사단 여러분은 알고 계시겠지만 시의전서가 옳다면 제가 차린 7첩반상은 3첩반상으로 격하됩니다. 그러나 제 7첩반상은 다른 자리도 아니고 정조대왕의 어머니인 '혜경궁 홍씨'의 회갑연회의 사례입니다. 이는 왕실의 큰 경사였으니 사실 평상시보다도 더 화려하게 차렸다고 보는 게 마땅합니다. 그러니 제가 올린 7첩반상도 사치스러울 것인데 시의전서에 나오는 7첩반상은 이치에 맞지 않습니다."

"그러니까 이민규 셰프의 주장은 이 셰프께서 차려낸 7첩반상이 조선왕실의 전형이다?"

"아닙니다. 사실은 여기서도 구이나 찌개 한둘 정도는 빼는 게 맞다고 생각합니다. 그 이유는 또 있으니 궁중에서는 하루 다섯 끼에서 일곱 끼의 식사를 했기 때문입니다. 오늘날의 열량과 비교해도 그쪽이 타당하다고 생각합니다."

"박세가 선생님."

채강인이 박세가에게 반론의 기회를 주었다.

"이민규 셰프."

박세가가 민규를 돌아보았다.

"예."

"근간 약선요리로 굉장한 명성을 떨치던데 혹시 왕에게 수라상을 올려본 적이 있으신가?"

"……."

민규는 대답하지 못했다. 없기는커녕 수백 번을 올렸었다. 민규의 두 전생이 그랬고, 세 번째 전생 정진도 역시 그의 약선죽을 왕에게 진상했던 사람이었다. 하지만 그건 전생이었으니 스튜디오 안으로 끌고 올 재주가 없었다.

"없습니다만……."

"내 부친께서는 직접 하셨네. 나는 그분에게 배운 대로 실연했고."

직접!

그 단어에 심오한 힘이 들어갔다. 박세가는 단 한 단어로 자신의 위상을 추상처럼 세워놓았다.

나는 실제를 보고 들은 사람이야.

완벽한 차별화였다.

방청객 앞줄의 차영순이 웃는 게 보였다. 그 주변의 사람들이 거의 그랬다. 다들 박세가를 추종하는 사람들. 박세가는 그 한마디로 교주의 존엄을 구현하고 있었다.

거기서 민규가 일침을 놓았다.

"이 수라는 짝퉁입니다."

짝퉁?

스튜디오를 뒤집는 발언이었다.

6. 내 앞에선 안 통한다

"짝퉁?"

박세가의 미간이 격하게 구겨졌다.

"그러니까 이 상차림이 그대로, 조선 왕들의 수라로 올라갔다는 말씀 아닙니까?"

민규의 목소리에는 거침이 없었다.

"그렇네. 지금 보는 그대로!"

박세가 역시 주저가 없었다.

"대한제국의 마지막 왕, 고종과 순종에게 말입니까?"

"자네가 정조를 강조하니 말하네만 정조대왕도 마찬가지였다네. 그 위의 영조와 경종, 숙종 등도. 자네는 기본부터 틀렸으니 왕의 밥은 적두수화취가 아니면 흰쌀밥이라네. 그 둘을 올리면 왕께서 선택을 하는 거지. 그런데 자네 밥은……"

박세가가 웃었다. 민규의 밥은 검은색을 띠고 있었다.

"확신하시는군요?"

"대령숙수셨던 내 부친에게 직접 배웠으니까."

박세가의 냉소가 깊어갔다. 거기서 민규가 쐐기를 들고 나왔다.

"그렇기에 선친은 제대로 된 수라를 차린 게 아닙니다. 그것도 두 가지 면에서요."

"뭐라고?"

박세가가 고개를 들었다. 이제는 분노가 깃든 눈빛이었다. 채강인이 분위기를 돌리려 했지만 피디가 그냥 두라는 사인을 주었다. 김선달 피디가 노리던 장면이었다.

격돌!

그가 원하는 건 비단 요리만이 아니었다. 궁중요리의 내력과 비사를 낱낱이 분해하고 싶었다. 그 장면이 시작되고 있는 것이다.

"젊은 친구가 의욕이 심하군. 요리학계의 정설이 되고 있는 걸 혼자 부정하겠다는 건가?"

박세가는 표정 관리를 잘하고 있었다. 부친의 명예를 건드렸지만 대가다운 모습으로 민규의 도발을 젊은 치기나 웃음거리 쪽으로 유도해 갔다.

"두 가지를 다 듣고 나신 후에 다시 견해를 듣고 싶습니다. 우선 잘못된 한 가지는……."

박세가의 수라상 앞으로 나온 민규가 말을 이어갔다.

"원행을묘정리의궤와 시의전서의 편찬 시기는 약 100여 년 차이지만 그 성격은 사뭇 다릅니다. 무엇보다 두 가지를 주목해야 합니다. 첫째, 시의전서는 작자미상의 필사본입니다. 둘째, 그 당시의 사회 분위기입니다. 시의전서가 나올 무렵, 조선은 양반의 숫자가 급증하여 전체 인구의 70%에 육박하는 일대 혼란기였습니다. 당연히 급조된 양반들은 잔칫상이나 밥상을 기존의 격식보다 호화롭게 차려 과시하려 했을 겁니다. 그런 혼란기에 편찬된 시의전서가 수라상의 기준이 되는 건 무리입니다. 시의전서가 가지는 최고 오류의 하나가 밥, 국, 장류, 김치, 찌개, 아, 시의전서에서는 찌개 종류를 '조치'라고 부릅니다만… 아무튼 이런 것을 제외한 반찬의 가짓수가 5첩, 7첩, 12첩반상의 기준이 된다고 합니다. 나아가 서민이 3첩반상을 차려 먹었다고 하는데 이를 원행을묘정리의궤에 맞추면 무려 6첩반상이 됩니다. 나아가 사대부가 차려 먹었다는 9첩반상은 18첩반상에 해당되니 어찌 정조대왕의 7첩반상이나 중국 황제를 대신해 바치는 사신들의 반상을 능가할 수 있겠습니까? 그렇기에 시의전서의 수라상 차림은 신빙성이 약하거니와 의식이 바른 대령숙수라면 마땅히 바로잡아야 했을 일입니다."

"저 친구 너무 오버 아니야?"

민규가 잠시 숨을 고르는 동안에도 방청석의 술렁임은 멈추지 않았다. 박세가의 추종자들이었다. 민규는 개의치 않고 말을 이어나갔다.

"여기 심사단 여러분도 아실 일이지만 조선시대에 화려한 궁중음식은 없습니다. 혜경궁 홍씨의 회갑연에서도 보이듯 당시 정3품 당상에게 제공된 음식이 고작 밥과 국에 2찬이었습니다. 혹자는 이를 두고 왕가에서 그렇게 허술하게 먹냐고 할 수도 있지만 밥은 음이오, 국은 양으로써 음양 조화가 완벽하니 국과 밥만으로도 훌륭한 식사가 되기 때문입니다."

"역시 우리 셰프님……."

긴장하던 홍설아가 엄지를 세워 보였다. 민규는 쉬지 않았다.

"또 하나의 잘못은 이 상차림의 근본입니다. 선생님은 이 상을 정조대왕에게도 올릴 수 있다고 했는데, 정조가 아니라 세종이라면 타당할 수 있습니다. 세종대왕께서는 고기가 없으면 식사를 안 할 정도로 고기 마니아였으니까요. 그러나 궁중 요리는, 특히 왕에게 올리는 수라는 거의 100% 약선요리입니다. 간장, 된장 하나조차도 왕의 건강에 맞춰 올려야 하기 때문입니다. 그렇기에 수라의 식재료는 왕의 상황에 맞춰 요리되어야 합니다. 따라서 제아무리 호화롭게 차린 산해진미의 수라라 해도 아무 왕에게나 올릴 수 없으며 더구나 정조대왕은 화병에 더해 종기로 인한 열이 있었으니 그에 합당한 약선 구성이 뒤따라야만 하는 겁니다."

"오!"

이제 약선요리를 배우는 학생들도 동조하기 시작했다. 민규가 폭주하는 이론에는 헐렁한 곳이 없었다.

"정조대왕의 질병은 종기의 일종인 옹저(癰疽)입니다. 동의보감에 보면 옹저의 원인은 화에서 비롯된다고 하였습니다. 정조대왕은 역사적으로도 아버지 죽음의 트라우마를 안고 살았습니다. 억울하거나 말 못 할 사정에 처하면 옹저가 생기기 쉽다고도 합니다. 그렇기에 정조의 주치의 강명길은 왕의 체질에 맞춰 우황이나 금은화 등으로 열을 내리는 처방을 했습니다. 강명길은 한의사인 동시에 식의였으니 식치로서 정조대왕의 건강을 도왔습니다. 처방한 약들도 화를 다스리고 열을 내리는 고암심신환과 가미소요산, 청심연자음이 주를 이뤘습니다. 그렇기에 저 역시 수라의 구성에 있어 열을 내리고 마음을 안정시키는 데 방점을 두었습니다. 관련 약재로 황기와 인동덩굴을 썼고, 동의보감에서도 인정하는 참외씨 가루를 썼습니다. 찬품의 구성 또한 열을 내리는 식품으로 공인된 돼지고기, 연밥 등을 썼고 열을 일으키는 火를 잡기 위해 水의 성격을 가진 쥐눈이콩밥, 미역, 콩떡잎 등으로 영양과 건강 밸런스를 동시에 갖춘 수라를 차렸던 겁니다. 따라서 왕의 약선을 위해 쥐눈이콩밥을 한 것이지 적두수화취와 흰쌀밥을 몰라서 그런 게 아닙니다."

"우와……."

방청석의 감탄 소리가 커졌다. 박세가가 뭐라고 항변하려는 순간, 민규의 마무리가 날아갔다.

"박세가 선생님의 요리는 흠잡을 데 없이 화려하고 정성스럽습니다만 위에 말한 의미에서 부합하지 못합니다. 특히 정성껏 올린 소고기와 양고기, 생선, 기름 등은 옹저나 종기에 있어 상극의 구성입니다. 이런 음식을 먹게 되면 옹저와 종기가 더욱 성을 내어 통증이 심해지기 때문이지요. 마지막으로, 선생님이 쓴 약선재료들… 복령과 복분자, 인삼, 영지 역시 훌륭한 약들이지만 정조대왕 같은 질병에는 도움이 되지 못하는 구성이라고 봅니다."

민규의 주장이 끝났다. 그러나 박세가의 표정은 뜻밖에도 평온했다. 미동도 없는 것이다. 대신 다른 쪽에서 태클이 들어왔다. 손승기의 득달같은 반론이었다.

"이 셰프의 주장에 일부 공감이 가는 것도 있지만 정설처럼 말하는 것은 유감입니다. 우리 전통요리는 전하는 기록이 많지 않고 서로 상충하는 것도 많아 상호 보완적인 수용 자세가 필요합니다. 정조와 영조대왕으로 말하자면 조선 왕들 중에서도 가장 검박한 생활을 한 사람들에게 속하지요. 그 시기에는 궁중요리가 소박해졌을 수 있습니다. 게다가 음식 문화라는 게 시대와 상황에 따라 변화가 찾아옴을 고려해야 합니다. 그렇다면 원행을묘정리의궤 시기의 기록은 타당하고 그로부터 100여 년 후에 나온 시의전서의 기록은 부당하다는 흑백론적 의견은 바람직하지 않습니다. 나아가 약선 선택에도 모순이 있는 바, 생선이 종기와 옹저에 해롭다고 하면서 이 셰프도 참조기를 올렸습니다. 약선재료 또한 정조대왕의 역사기록을 참조로 말했는데 정조대왕도 일 년 365일 이런 구성으로 식사를 했다고 단정할 수는 없는 것입니다."

손승기의 줄기는 희석론 쪽이었지만 알고 보면 박세가에 대한 변론이었다.

"참조기 문제는 논란의 대상이 아닙니다."

민규가 그냥 넘어가지 않았다.

"아니라뇨? 조기는 생선이 아닙니까?"

"생선입니다. 석수어로 불리죠. 그러나 동의보감에 이르기를 조기는 맛이 달고 독이 없어 생선을 금하는 경우에도 먹을 수 있는 것이라 했으니 왕의 단백질 섭취에 유용한 선택인 것입니다."

"······!"

느닷없는 돌직구에 얻어맞은 손승기, 불편한 목소리로 경고성 발언을 내놓았다.

"이 셰프, 궁중요리의 원로이자 원조이신 박세가 선생님 앞에서 일방적인 주장 전개는 바람직한 자세가 아닙니다."

손승기가 민규를 바라보았다. 대한대학교 전통조리과 종신 교수. 그 직함은 허튼 게 아니었다. 수많은 요리서의 감수를 맡았고 그가 가르친 학생들이 요리계의 군단을 이루고 있었다. 그 권위로 민규를 누르는 손승기. 하지만 민규의 시선에는 흔들림이 없었다. 박세가가 원로라지만, 민규는 알고 있었다. 누가 대령숙수의 원조인가? 그건 바로 민규의 두 번째 전생 권필이었다.

"저는 이 셰프의 주장에 공감합니다만."

첨예한 순간, 민규 편이 등장했다. 궁중요리학회 부회장 진우재였다.

"......!"

본격 논쟁의 출발일까? 스튜디오에 일순 싸아한 정적이 흘렀다.

진우재.

심사단 중에서 가장 젊었다. 고작 40대 초반인 것이다. 그는 오늘날 궁중요리의 변질에 대해 가슴 아파했다. 그 어긋난 정착의 하나로 박세가를 꼽고 있었다. 다섯 심사단 중에서 박세가를 부정적으로 보는 단 한 사람. 그러나 주장에 거침이 없었으니 피디 김선달의 노림수였다.

"궁중요리학회 진우재 부회장님, 의견을 들어볼까요?"

채강인이 분위기를 이어놓았다.

"우리가 궁중요리를 짚어보려면 그 출발선을 짚어보아야 합니다. 향약집성방입니다. 그 이후로 여러 요리서들이 편찬됩니다. 요리를 공부하는 후학으로서 선현들의 기록은 아름다운 등대입니다. 오늘을 사는 궁중요리사들에게 길을 제시해 주기 때문입니다. 그리고 등댓불을 밝히는 노력은 오늘날에도 면면히 이어지고 있습니다. 바로 종가의 요리법이 그렇습니다."

진우재가 책 몇 권을 들어 보였다. 종갓집 며느리들이 쓴 문중요리법들이었다.

"이 책에는 수십 년, 혹은 수백 년 이어온 종가의 손맛과 레시피들이 담겨 있습니다. 한국 요리 문화의 기반이 되는 교범들이죠. 그런데 이 책들을 보면 종갓집의 레시피들이 조금씩, 혹은 많이 다릅니다. 그것은 종갓집의 지역적, 신분적 특성이 반영되었기 때문입니다."

진우재가 책을 넘겼다. 김치가 보였다. 한국인의 기본 요리 김치. 그러나 그 김치 하나도 각기 다른 개성으로 승화시키는 종갓집들이었다.

"우리가 아는 김치도 그렇습니다. 어느 종갓집은 생태를 잘라 넣기도 하고, 또 어느 종갓집은 일체 생선을 넣지 않습니다. 약재를 넣는 집도 있고 넣지 않는 집도 있습니다. 이렇듯 다양한 김치를 만들지만 전체를 관통하는 주제는 잃어버리지 않고 있습니다. 바로 기본이죠."

진우재가 책을 내려놓고 말을 이어나갔다.

"무릇 한민족을 대표하는 요리들에는 대표성이라는 게 있

어야 합니다. 수많은 레시피를 관통하는 그 요리의 본질 말이
죠. 궁중요리도 예외는 아니니 그 역할을 해야 하는 사람이
바로 대령숙수들입니다."

진우재의 시선이 박세가 민규를 차례로 더듬었다.

"궁중요리의 원류에 대해서는 논란이 많습니다. 그 파문의
시작은 한 말이었습니다. 궁중요리의 외도. 여기서 외도라는
건 요릿집으로의 진출을 뜻합니다. 당시 시대적 상황으로 보
아 대령숙수들이 사가로 나오는 것은 피할 수 없는 일이었지
만 문제는, 그 출발이 일본 자본이었다는 점입니다."

일본 자본.

그 단어가 나올 때 박세가의 안면 근육이 불끈 반응을 했
다. 민규 눈에는 또렷이 보였다.

"수라상에서 너무 멀리 가는 거 아닙니까?"

조용한 이의 제기는 봉황대 인문대학장 이현종에게서 나왔
다.

"그렇다면 핵심을 확대해 보죠. 수라상. 500년 조선왕조에
서 어떤 것이 원형이냐를 정하기는 쉽지 않습니다. 조선왕조
의 왕은 많았고 왕들의 성향도 달랐습니다. 하지만 그래도 그
안에 흐르는 대표성은 당연히 존재합니다. 따라서 바른 의식
을 가진 대령숙수라면 500년 수라상 본질을 꿰뚫어 가장 대
표적인 상차림을 구현하는 게 마땅하지, 어느 요리서 하나에
전한다고 해서 그것만 주장하는 건 바람직하지 않다고 봅니

다. 조선왕조 전반의 수라상 기조가 검소와 검박인 것은 불변의 진리입니다. 여기서 대비되는 원행을묘정리의궤와 시의전서입니다만 조선 왕조의 근간은 뿌리 깊은 유교사상입니다. 그렇다면 궁중의 법도는 어느 쪽을 중시했을까요? 정조와 영조대왕의 정신일까요, 아니면 조선 말기 혼란의 시대에 만들어진 작자미상의 필사본 시의전서일까요? 판단은 여러분의 몫으로 남겨 드립니다."

입안에 오래 남는 풍미. 푸근한 뒷맛. 진우재의 마무리는 산뜻한 후식만큼이나 깔끔했다.

"자, 오늘 방송은 이제 시작이니 이쯤하고 시식을 해볼까요? 금강산도 식후경 아닙니까?"

채강인이 분위기를 전환시켰다.

"영부인님, 어떻습니까? 왕의 수라상이니 가장 적합한 시식자일 것 같은데?"

채강인이 영부인을 바라보았다.

"옛날과는 다른 세상이라 청와대에 있다고 해서 수라상을 받는 건 아닙니다만 맛이 궁금하니 염치 불고하고 맛을 보겠습니다."

영부인이 일어섰다. 차분한 박수가 그녀를 무대로 밀어 올렸다.

"아유, 정갈하기도 하지. 이건 그냥 보기만 해도 배가 불러요."

영부인이 웃었다. 신지유가 그녀에게 수저와 작은 접시를 건네주었다. 영부인은 시식의 예법을 알고 있었다. 접시에 박세가의 밥과 민규의 밥을 덜었다. 박세가의 것을 먼저 맛보고 물로 입안을 헹궜다. 그런 다음 민규의 밥을 먹었다.

"좋네요."

평은 두루뭉술하게 나왔다. 다른 요리도 그랬다. 탕을 먹고 자반을 먹고 구이에 나물 찬을 먹을 때도 어느 편을 들지 않았다. 하지만 표정은 미묘하게 달랐다. 박세가의 수라를 먹을 때는 얼굴이 환하게 펴지고 민규의 것을 먹을 때는 음미에 음미를 거듭하는 것이다.

"궁중요리 대가들의 수라상을 두 상이나 받았으니 평생 배가 든든할 것 같습니다. 고맙습니다."

영부인은 어느 쪽에도 치우치지 않고 무대를 내려갔다. 그 사이에 채강인이 도발을 했다. 수라상의 음식을 넘본 것이다. 방청석에서 애교 섞인 야유가 나오자 채강인은 얼른 입을 닦고 자리로 돌아왔다.

"죄송합니다. 우리 어머니 말씀이 맛있는 음식을 보고 안 먹으면 머리가 하얗게 센다고 해서요."

"하하핫!"

채강인의 순발력에 방청석이 웃었다.

"궁중요리, 정말 흥미진진하군요. 사실 이 진행 섭외를 받았을 때 조금 딱딱하지 않을까 걱정을 했는데 궁중, 왕실, 왕, 이런 단어만으로도 전율이 흐르고 있습니다. 다음 요리는 또 어떤 게 나올지. 제왕들은 어떤 것을 먹고 살았는지… 신지유 씨."

채강인이 신지유에게 신호를 주었다. 이번 화제의 선택은 민규 차례였다. 청자단지 안으로 손을 넣어 접은 한지를 잡았다.

─궁중용봉탕.

화제가 나왔다.

"와아!"

방청석이 술렁거렸다. 하지만 박세가의 입가에는 미소가 피었다. 용봉탕 역시 그의 진미황실요리점의 대표적인 메뉴 중 하나였던 것.

"용봉탕. 이름은 많이 들었는데… 이게 뭘까요? 권병규 관장님."

채강인이 권병규를 지목했다.

"용봉탕의 기원은 중앙아시아인들에게 신성시되는 용과 봉황에서 찾을 수 있겠습니다. 다들 아시겠지만 용은 신성불가침이죠. 봉황 역시 그렇습니다. 속설에 의하면 중국 황하 상류에 삼문협이라는 폭포가 있는데 이걸 뛰어넘는 잉어는 용이 되어 승천한다는 말이 있습니다. 등용문이라는 말도 여기서 유래가 되었죠. 인간의 출세에 대한 욕망과 장수하는 잉어의 생명력이 건강을 기원하는 세시풍속에 연결된 사례라 하겠습니다. 나아가 닭은 봉황에 비견되니 이는 봉황의 머리가 닭의 형상을 하고 있기 때문입니다. 그렇기에 성스러운 용과 봉황, 둘을 상징하는 잉어와 닭으로 요리를 함으로써 출세와 건강, 무병장수를 기원하는 요리라 할 수 있습니다만 잉어를 대신해 붕어와 자라를 쓰는 경우도 많이 있는 것으로 알고 있습니다."

"그러니까 용봉탕을 먹으면 용과 봉황을 먹는 셈이로군요?"

"그렇다고 할 수 있겠죠."

"이야, 용봉탕이 뭔가 했었는데 유래를 듣고 보니 기대감이 롯데타워처럼 높아집니다. 박세가 선생님, 어떻습니까? 용봉탕이 과제로 나왔는데 가능한 요리입니까?"

"제 선친의 주특기이기도 했지요. 저도 그분에게 배웠고요."

"그렇다면 이 셰프님?"

채강인이 민류를 바라보았다.

"현재의 재료로는 불가능합니다."

민규가 잘라 말했다.

"……!"

그 답에 심사단의 묘정이 묘하게 변했다. 대다수의 입가에 냉소가 흐른 것이다. 용봉탕도 모르는 젊은 셰프?

그의 한계.

그들의 냉소에 담긴 의미들이었다.

"현재의 재료로 불가능하다는 건 어떤 뜻입니까? 아까 권병규 관장님이 말씀하신 것처럼 삼문협의 폭포를 뛰어넘은 잉어가 있어야 한다는 건 아니겠죠?"

진행자가 민규에게 물었다.

"당연히 아닙니다. 요리란 시대와 환경에 따라 변할 수 있습니다. 더러는 멸종된 것도 있으니 현실적으로 적응하면 될 것으로 압니다."

"그렇다면 왜 재료라는 말을 했을까요?"

"닭 때문입니다."

"닭?"

"관장님 말씀대로 용봉탕은 잉어와 닭이 주재료가 됩니다. 방금 전의 말처럼 삼협문의 잉어가 있다면 좋겠죠. 그러나 그건 조선왕조에서 '불가능'입니다."

민규, '조선왕조'와 '불가능'이라는 단어를 강조하며 뒷말을 이었다.

"제가 말한 재료는 닭입니다. 용봉에서 말하는 봉은 봉황의 봉입니다. 수컷을 봉으로 부르고 암컷을 황으로 부르죠. 그렇다면 용봉탕의 재료는 수탉이 적격인데 스튜디오에 마련된 건 전부 암탉입니다. 궁중요리란 그 대상이 왕과 왕족이니 구할 수 있는 재료를 두고 아무것이나 쓴다는 건 불충이니 대령숙수의 자세가 아닙니다. 그렇기에 불가능하다고 한 것입

니다."

"……!"

민규의 한마디가 다시 스튜디오를 뒤집어놓았다. 당황한 제작진이 식품 구매 팀을 불러 확인을 했다. 민규 말은 틀리지 않았다. 열두 마리나 준비된 닭은 전부 암탉이었다.

짝짝짝!

방청석에서 박수가 나왔다. 머리도 없는 닭의 암수를 밝혀내는 눈썰미. 영부인도 박수를 쳤다. 심사단의 일부는 마지못해 그 박수를 따랐다. 박세가는 어이 상실이었다. 닭의 암수를 따지는 인간은 처음 보았지만 봉황이라는 단어의 뜻이 그랬으므로 토를 달지 못했다.

퀵으로 수탉이 왔다. 모두 네 마리였다. 민규의 요청대로 머리가 달린 채였다.

"이제 가능합니까?"

채강인이 민규에게 물었다.

"예, 가능합니다."

민규가 겸손히 답했다.

용봉탕!

요리가 시작되었다. 박세가가 수탉을 고르는 사이에 민규는 잉어를 보았다.

잉어는 한방에서 '이어'로 불리며 황달, 당뇨, 부종에 좋다. 36개의 비늘이 있으며 힘줄에 독이 있으므로 제거하고 써야

한다. 하지만 출처들이 좋지 않았다. 강물의 오염 때문이었다.

푸드득!

살아 있는 잉어들은 민규의 손이 닿자 활개를 쳤다. 몇 번 더 자극을 하다가 한 놈을 골랐다. 비늘은 완전했다.

수탉의 기준은 벼슬과 육계 기간이었다. 용봉탕에 주로 전하는 닭은 '묵은' 닭이었다. 이유는 맛 때문이었다. 현대에서는 영계를 많이 쓰지만 묵은닭을 고은 맛을 따를 수 없었다. 닭 또한 벼슬이 우람한 것을 골라 요리대에 올렸다.

다음은 부재료들이었다.

—소고기 안심, 곤자소니, 두골, 전복, 해삼, 달걀, 표고, 미나리, 파, 무, 잣, 후추, 참기름, 간장.

약재로는 황기와 오가피, 당귀 정도를 추가했다. 궁중요리 전문가들이 즐비하니 파격은 쓰지 않았다. 다만, 한 가지는 더 했으니 바로 식용금이었다.

안심을 골랐다. 다음으로 더 깊은 곳에 살았던 전복과 해삼을 고르고 더 청명한 심산에서 자란 표고와 재료를 골라 자리로 돌아왔다.

박세가는 여유로웠다. 용봉탕은 그의 주특기였다. 그는 고종의 생일상에 올랐던 용봉탕을 그대로 재현했다.

—닭 4마리, 잉어 2마리, 달걀, 무 각 10개, 미나리 5움큼, 파 5뿌리, 표고, 간장 각 2홉, 쇠고기 안심 반의반부, 두골 1부, 곤자소니, 전복 각 1개, 해삼 5마리, 잣 1홉, 참기름 2홉, 후춧

가루 5석(夕).

재료 선택 시간이 끝나자 손승기의 해설이 그를 띄워주었다.

"고종의 40세 생일연에 올랐던 용봉탕의 재료 그대로입니다."

"아!"

방청석이 수군거렸다.

역사.

중요하다. 그 역사를 재현하는 것 또한 의미가 있었다. 그렇기에 초반의 분위기는 박세가 쪽이었다.

"그의 선친이신 박선국 대령숙수가 저 용봉탕 요리에 직접 참여했다는 말이 있습니다."

손승기가 박세가의 격을 조금 더 높여주었다.

그에 비해 민규의 주재료는 잉어 한 마리에 닭 한 마리. 아무래도 초라해 보일 수밖에 없었다.

"용봉탕은 100분 드리겠습니다."

채강인의 말과 함께 화면에 '간편' 용봉탕 레시피가 나왔다.

1. 잉어는 산 것으로 준비해 꼬리 부분에 칼집을 내어 피를 제거한다.

2. 잉어 핏물이 다 빠지면 비늘을 긁고 내장을 제거한 후 흐르

는 물에 씻어 3~5토막으로 자른다.

3. 닭은 영계를 준비해 깨끗이 씻는다.

4. 손질한 닭을 냄비나 찜통에 넣고 대파, 마늘, 생강, 후추, 맛술 등을 넣은 후 닭이 충분히 잠길 정도로 물을 붓고 푹 무르도록 삶는다.

5. 양푼에 분량의 닭고기 무침양념을 넣고 잘 섞는다. 닭을 건져내 껍질을 벗기고 손으로 굵직하게 뜯어내 무친다.

6. 닭을 삶은 국물에 잉어를 넣고 충분히 익도록 끓인 다음 소금으로 간을 본다.

7. 표고버섯과 석이버섯 등은 미지근한 물에 각각 불려 물기를 뺀 후 곱게 썰어 기름에 살짝 볶는다.

8. 그릇에 준비한 잉어와 닭고기를 담고 버섯을 올린 후에 황백으로 나누어 부친 지단을 올리고 육수를 부어낸다.

요리가 시작되었다.

화면은 박세가 쪽이었다. 그의 손이 입을 뻐끔거리는 잉어를 잡았다. 칼등으로 쳐서 기절시킨 후에 꼬리를 잘라 피를 빼고 비늘을 긁은 다음에 배를 갈라 내장을 제거했다. 마지막은 토막치기. 명인의 칼 솜씨는 부드럽기 그지없었으니 보는 사람마다 감탄이 나왔다.

민규도 잉어를 집어 들었다. 머리를 쳐서 기절을 시켰다. 그 장면이 화면에 잡혔다. 순간 궁중요리 방청석이 술렁거렸다.

"저거 붕어 아니야?"

"그렇네? 수염이 없어."

"붕어와 잉어를 구분하지 못하나 봐?"

그들의 속삭임이 종규 귀에 들어왔다. 화면이 보였다. 민규 도마의 잉어는 컸다. 족히 30㎝는 되어 보였다. 하지만 정말 수염이 없었다. 재빨리 검색을 했다. 결과를 본 종규의 하늘이 노랗게 변했다. 민규가 고른 건 잉어가 아니었다.

'형……'

뛰어가서 알려줄 수도 없는 상황. 애간장이 녹아나는 종규였다.

아는지 모르는지 민규의 칼질은 쉬지 않았다. 붕어의 뇌를 찔러 노란 물을 빼고 칼을 넣어 힘줄을 잘랐다. 그 과정까지 끝나자 꼬리를 베어 매달아놓았다. 흙냄새와 비린내를 제거하기 위한 방법이었다. 그걸 본 박세가 피식 웃었다. 그는 민규의 돌이킬 수 없는 실수를 알고 있는 것 같았다.

잉어 손질이 끝난 박세가, 네 마리의 닭을 씻어 찜통에 넣었다. 부재료와 비린내 제거를 위한 양념들도 함께 들어갔다.

딸깍!

닭이 물에 잠기자 가스 불이 켜졌다.

딸깍!

민규의 찜통에도 불이 당겨졌다. 박세가 또 웃었다. 민규의 닭 때문이었다. 민규의 닭은 수탉이며 노계였다. 육수 맛은 좋을 수 있지만 익는 시간이 오래 걸린다. 하지만 안심과 두골, 곤자소니 등이 들어가는 요리. 한 시간 정도로는 노계의 우월감을 살리기 힘들었다.

물론 그건 박세가의 생각이었다. 민규에게는 초자연수가 있었다. 찜통에 들어간 물에는 3번 육수 조합을 동원했다. 지장수와 천리수, 요수의 배합이었다. 여기에 급류수를 첨가했으니 노계가 익는 시간도 당겨줄 일이었다.

심사단들이 용봉탕의 내력과 전설에 대해 이야기하는 동안 시간이 흘러갔다. 박세가가 찜통의 김을 확인했다.

'흠흠.'

후각으로 타이밍을 잡았다. 이제 곧 꺼낼 시간이었다. 그런데……

"……?"

민규를 보던 박세가가 소스라치고 있었다. 찜통이 열린 것이다. 민규는 태연하게 노계를 꺼내놓았다. 박세가의 입가에 냉소가 스쳐 갔다. 아직 꺼내려면 먼 노계. 그걸 꺼내놓았다는 건 용봉탕을 모른다는 반증이었다.

'이번에는 제대로 망신을 안겨주마.'

흡족한 미소를 머금은 박세가가 찜통을 열었다. 네 마리의 닭을 꺼내놓은 박세가. 입가에 푸근한 미소가 피어올랐다. 맞춤하게 삶긴 것이다.

'애송이, 그 질긴 노계를 뜯으려면……?'

다시 민규를 바라보던 박세가, 돌연한 광경에 들고 있던 닭다리를 떨구고 말았다.

'저, 저……'

박세가의 목소리가 떨렸다. 믿기지 않는 광경이 일어나고 있었다. 민규의 노계였다. 결을 따라 부드럽게 찢어지는 살점들. 자신의 닭보다도 연하게 보였다.

'뭐야?'

시선이 급히 돌아갔다. 민규의 테이블이었다. 그 위에 올려진 재료들은 특별하지 않았다. 노계 삶는 시간을 당겨주는 산사(山査)나 백매(白梅)도 보이지 않았다.

박세가의 경직은 카메라가 다가오자 재빨리 풀렸다. 대체 무슨 수작을 부린 걸까? 하지만 아직 망신을 줄 일은 남아 있었다.

사락!

박세가의 손이 마무리를 향했다. 전복과 해삼 등을 올리고 황백지단을 올렸다. 미나리까지 두르고 육수 국물을 부어내니 용봉탕의 완성이었다.

닭 네 마리에 잉어 두 마리, 그 위에 정갈하게 올라간 전복과 미나리, 지단 등의 조화는 진국을 연상케 하고도 남았다.

짝짝짝!

방청석에서 박수가 터져 나왔다.

민규의 손도 마무리를 향했다. 모든 것은 다 끝난 상황. 천천히 찜통의 뚜껑을 열었다. 카메라가 다가왔다. 그 앵글이 붕어를 잡아내는 순간 스튜디오가 떠나갈 듯한 감탄사가 쏟아졌다.

"와아!"

"저게 뭐야?"

일부 방청객과 요리 학도들은 자신도 모르게 일어나 있었다. 민규 손에 들려서 찜통을 나오는 붕어. 들어갈 때와는 달리 황금으로 변해 있었다.

"……?"

박세가의 미간이 한 번 더 일그러졌다.

"아, 이게 웬일입니까? 이 셰프의 잉어가 황금색으로 변했습니다."

황금잉어.

정확히 말하면 황금붕어였다. 찜통에 넣기 전에 이윤의 필살기를 동원한 것. 카메라가 박세가를 잡을 때였기에 극적인 효과가 연출된 것이다.

영부인이 일어섰다. 변재순도 일어섰다. 많은 궁중요리 학도들도 그랬다. 잉어의 살. 색 물을 들일 수는 있었다. 하지만 금빛 물은 난생처음이었다. 게다가 육수는 여전히 뽀얀 위엄을 잃지 않고 있었다.

"으악!"

감탄은 한 번 더 이어졌다. 이번에는 닭고기였다. 닭고기를 다져 소를 만들어 둥글게 빚어낸 민규. 소를 뭉친 덩어리들도 하나하나 황금빛으로 변한 것이다.

'대체……'

박세가가 흔들리기 시작했다. 두 번의 경악을 참아내기에 그는 이미 연로한 사람이었다.

짝짝짝!

민규의 세팅이 끝나자 기립 박수가 쏟아졌다. 영부인이 시작이었다. 방청객들이 동참하자 심사단들도 엉거주춤 자리에서 일어섰다.

"아, 용봉탕!"

채강인의 멘트도 기절 직전까지 치달았다. 카메라는 박세가의 용봉탕은 잊은 채 민규의 황금용봉탕을 클로즈업하느라 바빴다.

"이게 용봉탕입니까?"

채강인이 민규에게 물었다.

"그렇습니다."

"용봉탕 맞는 거죠?"

박세가도 질문을 받았다.

"원방… 용봉탕입니다."

박세가의 목소리는 어느새 흔들리고 있었다.

"어떤 분께서 설명해 주시겠습니까? 완전히 다른 포스의 두 용봉탕!"

채강인이 심사단을 바라보았다. 손승기가 발언에 나섰다.

"용봉탕, 궁중의 대표적인 보양식입니다. 하지만 지금은 지역과 요리사에 따라 많은 변형을 거듭하고 있습니다. 미국에 진출한 용봉탕은 잉어 대신에 왕새우를 넣기도 한다더군요. 하지만 우리가 주지할 것은 이 자리가 궁중요리의 정석을 재현하는 자리라는 점입니다. 우선 이민규 셰프의 용봉탕, 어떻게 식용금을 입혔는지 모르겠지만 요리 자체는 화려하군요. 왕의 권능에 잘 어울려 보입니다. 하지만 이 셰프는 치명적인 실수를 저지른 것 같습니다. 용봉이라는 단어 해석에 맞춰 봉에 해당하는 수탉까지 요청하고는 잉어가 아니라 붕어를 골랐습니다. 모순 아닙니까? 저 황금색을 내기 위해 붕어가 필요했던 건지는 모르겠지만 자충수입니다. 나아가 닭의 선택 역시 바르지 않았습니다. 봉황의 의미를 쫓아간 것은 좋으나 노계를 골랐습니다. 그 실수를 만회하기 위해 고기를 다져 소를 만든 것 같은데 말로는 정통을 주장하면서 옆길로 제대로 샌 듯한 씁쓸함을 지울 수 없습니다."

손승기의 평가는 야박했다. 그는 박세가의 요리로 설명을 이어갔다.

"그에 비해 박세가 선생님의 요리는 1892년 고종의 40세 생일상에 오른 용봉탕의 재현입니다. 이제 연로하시니 닭 네 마리를 요리하기가 버거울 것임에도 올바른 궁중요리의 재현을 위해 역사 속의 한 요리를 구현한 것으로 보입니다. 용봉탕의 정석이며 궁중요리의 극치이니 대가의 향기라고 생각합니다."

손승기가 발언을 마쳤다.

"다른 의견 없습니까? 우리 진우재 부회장님?"

채강인이 심사단을 바라보았다.

"이민규 셰프님."

진우재가 운을 떼고 나왔다.

"예."

"제 의견을 말하기 전에 한 가지 묻고 싶습니다. 방금 손승기 교수님은 붕어의 실수를 말씀하셨는데 제가 볼 때 이 셰프님이 붕어와 잉어를 구분하지 못할 리는 없다고 생각합니다. 왜냐하면 붕어를 다루는 방법에 있어 한 치의 실수도 없었고 용봉탕에는 노계가 들어간다는 사실까지 주지하고 있기 때문입니다."

"맞습니다. 저는 일부러 붕어를 골랐습니다."

일부러!

민규 목소리에 힘이 들어갔다. 좌절 모드에 있던 종규 머리에 불이 들어왔다. 우태희와 홍설도 희망을 엿보기 시작했다.

일부러.

그렇다면 치명타가 아닐 수도 있었다.

"설명을 부탁합니다."

"간단히 말하면 이게 궁중용봉탕의 원방입니다."

민규의 말은 단언에 가까웠다. 또다시 논란이 될 수밖에 없었다. 심사단의 동요와 박세가의 냉소를 확인한 민규, 천천히 말을 이어갔다.

"용봉탕, 말 그대로 잉어와 닭이 중심입니다. 하지만 궁중용봉탕에는 잉어를 쓰지 않습니다."

역시 단언.

"……?"

방청석이 출렁거렸다.

"조선 후기에 편찬된 여러 요리서와 책에 용봉탕이 나오지만 그 재료는 잉어가 아니라 숭어 아니면 붕어였습니다. 왜일까요?"

민규의 시선이 심사단을 향했다. 민규는 박세가뿐만 아니라 심사단과도 일전을 불사하고 있었다.

"……."

"이유는 간단합니다. 조선 왕조에서 용의 상징인 잉어를 금기시했기 때문입니다. 조선왕조에서 꺼리는 음식은 잉어 외에 장어가 있었습니다. 이 또한 용이 되는 이무기, 즉 뱀과 유사한 까닭이라 식재료로 즐기지 않았습니다. 또 다른 이유로는 잉어의 이름 때문인데, 잉어를 이(鯉)라 부르니 이씨 왕조의 성과 발음이 같기 때문입니다. 그러니 식당에서 파는 용봉탕이라면 모르겠으나 이씨 조선으로 대표되는 왕가의 궁중용봉탕에는 붕어를 써야만 원방이 된다고 생각합니다."

민규의 설명과 함께 자료 화면이 펼쳐지기 시작했다.

진연의궤.

진찬의궤.

두 자료 모두 민규 편이었다. 거기 적시된 용봉탕의 구성은 '숭어+닭', '붕어+닭'이었다.

쾅!

듣고 있던 박세가의 머리에 불벼락이 떨어졌다. 그 자신의 전매특허로 만들어놓은 고종의 용봉탕. 그러나 위상이 흔들렸다. 이현종도, 권병규도, 손승기도 민규에게 반박하지 못했다. 용봉탕의 원조로 추앙받던 요리가 하루아침에 근본 없는 요리로 몰리는 순간이었다.

"하핫, 두 분이 너무 극단으로 가는 것 같습니다만……."

박세가가 허세를 부리며 논쟁 속으로 들어왔다.

"어떤 점이 극단이라는 겁니까?"

진우재가 물었다.

"조선왕조 500여 년간 민간도 그렇지만 궁중요리 역시 부침을 거듭합니다. 임진왜란이나 병자호란 등의 큰 충격이 그것 아닙니까? 대한제국 또한 열강의 수탈과 침략으로 사회적 변동이 클 때입니다. 요리의 변혁은 이럴 때 주로 일어나지요. 그렇기에 내 부친께서는 황제의 상징인 잉어를 식재료로 내어 왕의 권위를 살리고자 했으니 이는 당대 개념 있는 대령숙수들이 가지고 있던 신념이자 구국의 충정이라고 들었습니다."

박세가가 논점을 희석하고 나섰다. 어차피 정답은 없는 요리. 그는 그 말로 자신의 붕괴를 막아내고 있었다.

"동의합니다."

거기서 민규가 나섰다. 게다가 '동의'였다. 심사단의 일부와 방청객들이 잠시 고개를 갸웃했다. 앞서 펼친 주장과 상반되는 태도였기 때문이었다.

하지만 뒤에 이어지는 논리가 백미였다.

"요리는 보수적입니다. 입맛이 그렇습니다. 그렇기에 요리는, 박세가 선생님의 말처럼 사회변혁기에 변하는 경우가 많습니다. 대한제국 이전에 저 먼 고려 말에도 그랬습니다. 원나라의 주권 침해를 받던 고려, 마침내 공민왕에 이르러 자주 정책을 쓰기 시작합니다. 민담과 전설에 따르면 여말의 군주들은 원나라풍의 요리 문화를 과감하게 배격했습니다. 그때까지 금기시된 식재료를 쓰고, 고려의 자주적인 요리를 만들며 고려왕조의 자주성을 고양시켰던 겁니다. 약화된 왕가의 정통성을 세우고 자주권을 천명하는 상징의 요리들… 그러니 대한제국에서도 그런 일은 일어날 수 있었을 거라 생각합니다."

"……?"

이야기를 듣던 박세가, 뒤로 갈수록 인상이 구겨져 갔다. 그가 원하던 뉘앙스가 아니었다. 오히려 그 반대에 가까웠다.

─고려 왕의 상에 오른 요리 개혁은 자주적이었지만 고종의 생일상에 오른 개혁적인 용봉탕은 불손했다.

―고려 왕의 상에 오른 요리 개혁은 왕권 강화를 위한 자기 주도였지만 고종의 생일상에 오른 용봉탕은 왕조의 몰락 상징이었다.

민규의 말속에 숨은 은유. 박세가도 그걸 알게 되었다. 당장 일어나 멱살이라도 잡고 싶은 심정. 그러나 앞에는 카메라가 있었고 수많은 관련자들이 있었다. 거기에 더해… 거대한 영부인의 존재……

"비약의 천재로군. 요리에는 오미가 있으니 어느 한 가지 맛으로 요리의 궁극을 논할 수 없네. 잉어는 장수의 상징이라 기우는 대한제국의 왕께서 왕위의 장수를 기원하며 친히 하명하신 재료일 수도 있고 대내외 귀빈들을 위해 화려하게 차렸을 수도 있네만."

박세가가 두루뭉술 매듭을 지었다.

민규는 더 공략하지 않았다. 원하는 것은 이미 얻었다. 상식이 있는 사람이라면 박세가의 주장을 공감하지 않을 일. 그런 차에 대가를 파탄까지 몰아세우는 건 오히려 야비해 보일 수 있었다.

"두 분의 설명 잘 들었습니다. 각자의 주장에 대한 판단은 우리 심사단 여러분과 시청자들께서 하실 것으로 믿고 이 셰프에게 묻습니다. 붕어를 손질할 때 힘줄을 끊었습니다. 어떤 이유인지 설명이 가능합니까?"

진우재의 질문이 또 하나의 쐐기였다.

"잉어는 힘줄에 독이 있어 제거하고 요리하는 게 원칙입니다. 비록 붕어였지만 잉어에 준하기에 왕의 안전을 위해 따른 것뿐입니다."

민규 눈이 박세가의 잉어 토막을 바라보았다. 박세가는 힘줄을 자르지 않았다. 민규가 그 말을 한 건 아니지만 방청객들은 이미 알아들은 후였다.

"자, 시청자 여러분은 지금 두 가지 용봉탕을 보고 계십니다. 궁중원방을 표방하는 붕어와 닭 용봉탕, 또 하나는 궁중원조로 기록된 잉어와 닭 용봉탕. 각 세프께서 주장하는 내력도 조금 다른데 그렇다면 맛은 어떨까요? 이번에도 우리 영부인님과 심사단님들을 모십니다. 박수 부탁드립니다."

채강인이 멘트를 이었다.

짝짝!

박수와 함께 영부인과 심사단이 나왔다. 박세가의 용봉탕이 먼저였다.

"어쩜, 피로가 쫙 가시는 맛이에요."

"육수도 제대로네요. 원기충전, 생기탱천!"

"역시 왕에게 올리는 원조용봉탕답군요."

영부인에 이어 칭찬 릴레이가 펼쳐졌다. 닭살에 잉어살, 육수에 고명까지 고루 맛본 영부인이 민규의 요리 앞에 닿았다.

"잠깐만요. 이건 붕어가 통째로 나왔으니 잔가시를……."

손승기가 친절 모드를 작동시켰다. 하지만 영부인이 사양했다.

"괜찮아요."

"……."

"그나저나 이거 아까워서 어떻게 먹지?"

영부인이 민규를 바라보았다.

"요리는 잘 먹어주시는 게 요리사의 보람입니다."

민규가 붕어를 권했다.

"그럼……."

영부인의 젓가락이 황금붕어의 살집을 덜어냈다. 그러다 동작을 멈췄다. 영부인의 시선은 살점에 있었다. 젓가락은 깊이 들어갔다. 살점도 푸짐하게 잡혔다. 이쯤 되면 흰 살 안에서 뼈가 보여야 했다. 그게 보이지 않는 것이다.

"……!"

심사단 전체에 그 분위기가 퍼졌다. 붕어 몸통에 가시가 없었다. 그렇다고 반으로 갈라 가시를 뺀 것도 아닌 상황.

"어떻게……."

영부인이 민규를 바라보았다.

"왕에게 올리는 요리가 아닙니까? 가시가 번거롭거니와 혹 목에 걸릴 수도 있기에 미리 빼는 수고를 기울였습니다."

"가시를 뺐단 말입니까?"

변재순의 첫 질문이 나왔다.

"예."

"그럴 리가? 뺀 흔적이 없는데⋯⋯."

심사단이 웅성거리자 박세가의 시선도 함께 쏠렸다. 화면이 눈에 들어왔다. 황금붕어의 살점이 보였다. 가시는 단 하나도 보이지 않았다. 붕어는 원래 잔가시가 많은 고기. 황금막만큼이나 믿기 어려운 일이 벌어지고 있었다.

더 놀라운 건 맛이었다. 심사단 일체가 용봉탕에 달라붙어 떨어지지를 않았다. 영부인의 손길 역시 빨라지고 있었다. 황금붕어를 먹고 황금 살덩이를 먹었다. 그들이 반한 건 황금 때문이 아니었다. 한 입 푸근하게 머금으면 오금이 저리도록 자지러지는 미각. 국물은 개운함의 극치였고 옥침은 홍수처럼 솟구쳤으니 요리의 바닥을 볼 때까지 자리를 뜨지 않았다.

"어머!"

결국 대참사까지 빚게 되었다. 영부인의 젓가락과 변재순의 젓가락, 손승기의 젓가락이 단 하나 남은 닭살 덩어리를 두고 허공에서 충돌한 것이다.

"드세요."

변재순이 먼저 물러났다. 그러자 영부인도 젓가락을 거두었다. 남은 건 손승기의 젓가락, 그 역시 주저했지만 식욕의 유혹이 너무 달콤했다.

꼴깍!

목젖이 마구 움직이며 요리를 원했다. 결국 닭살 덩어리를 집고 말았다.

'후아.'

손승기의 입안에서 닭살 소가 녹을 때 박세가의 명예도 함께 녹아내렸다. 요리 규모에서는 이겼지만 나머지는 완패였다.

저렴하게도 양으로 승부한 꼴이 되어버린 것이다.

'두고 보자.'

숨소리에 묻어 나오는 건 호흡이 아니라 노도 같은 격랑이었다.

두고 보자.

박세가의 오기는 다음 과제에서 실현되는가 싶었다.

─열구자탕.

이번에도 그가 주특기라 할 수 있는 요리였다. 조선왕조의 대표적인 궁중요리인 열구자탕. 식재료를 고를 때는 그의 바람이 맞아떨어질 것 같았다. 민규가 고르고, 빼놓은 재료들 때문이었다. 약재는 서로 대동소이했다. 하지만 민규는 고사리에 박고지, 도라지까지 푸짐하게 집어 들었다. 대신 후추 등의 양념은 빼놓았다. 신설로도 그랬다. 욕심이 났는지 초대형으로 골라 드는 것이다.

박세가가 후끈 달아올랐다. 민규의 경험이 일천하니 앞의 성과에 고무되어 흥분한 걸로 판단한 것이다.

'이번에야말로…….'

박세가가 기운을 냈다.

선수는 후반전.

노련함이 빛을 발하기 시작했다.

7. 반전 금지

　그가 구현한 건 구한말의 열구자탕이었다. 열구자탕은 중국에서 건너왔다. 중국의 훠궈 문화가 들어와 열구자탕이 되었다. 열구자탕이 처음 언급되는 문헌은 원행을묘정리의궤. 1746년의 수문사설에도 이 명칭이 나온다. 신설로는 최신(最新)의 '노라는 뜻이었다.

　자작자작!

　열구자탕이 익어가는 소리가 들렸다. 재료는 소갈비, 천엽, 양, 닭, 꿩, 붕어, 숭어, 전유어, 말린 전복, 해삼 등등이 들어간다. 어떻게 보면 좋은 식재료라는 식재료는 다 들어가 있다. 그러니 냄새만 맡아도 미각이 취할 지경이었다. 집 나간 며느리 돌아온다는 전어 굽는 냄새 따위는 깜냥도 되지 않았다.

열구자탕이 완성되었다.

"……!"

방청석이 수군거렸다.

이번에는 용봉탕과 반대의 그림이 나왔다. 민규의 열구자탕은 단체용처럼 푸짐했고, 박세가의 것은 1인용으로 보였다. 요리 품평이 시작되었다.

"이번에는 그림이 반대로 나왔습니다. 이 셰프님이 먼저 설명하실까요?"

채강인이 말했다.

"제 열구자탕은 1795년의 원형입니다. 이때는 채소를 많이 넣었으니 고사리와 박고지, 도라지 등이 들어가는 것이 이후의 열구자탕과 다릅니다."

첫마디부터 박세가의 전의가 무너졌다. 멋대로 넣은 게 아니라는 얘기였다. 더구나 박세가의 1902년형보다 100년을 앞으로 갔다. 더 오래전의 요리를 했다는 건 더 어려운 도전이라는 뜻이었다.

'그래서 후추를……'

박세가의 머리에 요리 족보가 떠올랐다. 그도 열구자탕 공부를 했었다. 1795년형에는 후춧가루가 들어가지 않는다. 그걸 깜빡했다. 야속한 세월이 순발력을 죽여 버린 것이다.

"이 당시에는 신설로가 컸습니다. 크기는 대야만 했고 물 또

한 7~8사발은 너끈히 들어갔지요. 음식은 다섯 명 정도가 둘러앉아 먹었습니다. 아까 보니 시식하시는 분들이 그 숫자와 비슷하기에 가장 오래된 방법을 썼습니다. 다만 오늘 구비된 신설로 크기가 조금 작아 완벽한 원형을 살리지는 못했으니 양해해 주시기 바랍니다."

초기의 신설로는 대야만 한 대형.

다섯 명 정도가 둘러앉아 먹는 양.

민규의 설명에 따라 자료가 화면에 떠올랐다. 틀린 것은 없었다.

그에 반해 박세가의 신설로는 1900년대 초반형, 이때 장안에서 난다 하는 요릿집들은 개인용 신설로를 사용했다. 부친에게서 그걸 배운 박세가, 다인용이 있는 건 알았지만 습관처럼 1인용 요리를 택했다. 시식하는 인원까지 고려한 민규가 돋보일 수밖에 없는 순간이었다.

그러나 최악의 결정타는 역시 맛이었다. 시식에서 드러났다. 초자연수의 위력이 있다지만 재료 하나하나의 선별력과 이해도도 박세가보다 높았다. 이번에도 민규의 열구자탕은 초고속으로 비워졌다.

치욕!

박세가의 오감에 수치심이 새겨졌다. 참을 수 없을 정도로 아팠다. 궁중요리의 산증인을 자처하던 터에 애송이에게 밀렸다. 있을 수 없는 일이었다. 적어도 궁중요리에서, 그의 아성은 철옹성이었다.

요리.

맛은 요리의 정수.

궁중요리는 한약의 탕약과 달랐다. 탕약이라면 맛은 고려의 대상이 아니었다. 그러나 궁중요리는 맛 속에서 건강을 고려하는 게 핵심. 그러니까 박세가의 입장에서는 그의 분신이, 영혼이 외면을 받고 있는 셈이었다. 언제나 주인공이었던, 언제나 찬양의 대상이었던 그의 요리가…….

'으윽……'

박세가는 뇌수가 녹아나는 듯한 현기증을 느꼈다.

세 전생 덕분에 과거의 궁중요리와 문헌들에 대한 이해가 높았던 민규. 구한말의 궁중요리 일부를 익혀 궁중요리의 원조로 행세해 온 박세가의 명성을 완벽하게 압도하고 있었다.

"분위기가 매우 핫합니다. 궁중요리의 분위기가 이렇게 뜨거울 줄은 몰랐습니다. 그러다 보니 어느새 마무리 과제 시간이 되었습니다."

"안 돼요."

방청석에서 탄식이 나왔다. 생각보다 긴 녹화 시간. 하지만 한 편의 영화처럼 넋을 놓았던 덕에 시간 가는 줄 몰랐던 것이다.

신지유가 박세가에게 단지를 대주었다.

"선생님."

박세가의 혼이 살짝 나가 있으므로 신지유가 주의를 환기시켰다. 그제야 박세가가 단지 안에서 한지를 짚어냈다.

—비하인드 궁중요리.

마지막 과제가 화면에 비쳐졌다.

비하인드 궁중요리.

뭐가 있을까? 사실 다 꼽지도 못할 정도로 많았다. 궁중도 사람이 사는 곳. 왕도 왕족도 사람이었다. 그러니 때로는 기상천외한 식재료를 동원할 때도 있었다. 특히나 왕이나 왕자, 중전 등이 중병에 걸렸을 때가 그랬다.

예를 들어 세종대왕은 고기와 흰 수탉의 고환을 즐겨 먹었다. 정력제를 즐긴 연산군은 베짱이, 잠자리, 귀뚜라미도 먹었다. 정조대왕은 황구점이다. 황구는 개를 가리키니 오늘날의 보신탕이었다.

중국의 양귀비는 큰 병에 걸렸을 때 쏸라펀이라는 고향의 음식을 먹고 회복되기 시작했다. 호화로운 요리가 아니지만 어릴 때 먹던 정겨운 음식이 입맛을 살린 것.

조선의 왕비들은 어땠을까? 왕의 사랑을 받아야 하는 후궁들은 어땠을까? 그들 역시 얼굴이 고와지는 식재료를 은밀하게 먹고 마셨을지도 몰랐다.

"시간은 역시 90분 드리겠습니다."

채강인이 디지털시계를 바라보았다.

마무리!

거기에 비하인드 궁중요리라는 옵션.

뭘 해야 할까?

난감해서가 아니라 너무 많아서 고민하는 민규였다. 여기는 방송국. 전 국민이 보게 될 화면. 설령 편집이 된다고 해도 식재료 선택에 신중하지 않을 수 없었다.

세종이 선호하던 수탉의 고환 요리?

소재가 민망하다.

정조의 황구점?

애견 인구가 폭발적으로 증가하는 이때에 셀프 디스의 지름길.

식재료 앞에서 생각을 가다듬었다. 그사이에 박세가는 대형 민어를 집어 들었다. 무려 세 마리였다.

민어.

매력적인 식재료다. 버릴 것이 없다. 하다못해 내장과 껍질까지도 천하절미의 재료가 될 수 있었다. 하지만 무려 세 마리. 회를 뜨고, 탕을 끓이고, 어만두를 빚어 민어 모듬 요리라도 만들려는 걸까? 박세가의 궁리는 다음에 집은 식재료에서 답이 나왔다. 녹말 1되 5홉에 잣 5작을 집은 것이다.

'생선숙편……'

박세가의 선택이었다.

고심 끝에 민규가 가져온 식재료를 풀었다. 황 할머니의 식
재료들이었다.

새팥.

마름.

옥매듭.

무릇곰.

소리쟁이.

광대나물.

조팝나무 싹.

그것들을 보자니 정진도의 생애가 파노라마로 스쳐 갔다.
그의 허름한 의원집 가마솥 앞, 한양에서 내려온 대령숙수가
말에서 내리고 있었다.

"여기 천하일미가 있다고 해서 달려왔습니다."

"초가삼간 누옥에 천하일미가 있겠습니까? 여기 있는 건 백
성의 신음과 배 곯는 소리뿐이라오."

약선죽을 끓이던 정진도가 답했다. 그의 마당에는 못 먹어
병든 천민과 노비들이 수십여 명 널브러져 있었다.

"고통 소리 높지만 덕이 큰 명의가 있으니 무슨 걱정이리오.
당신의 그 덕을 군주께서 원하고 계시오."

"왕에게는 숙수가 한둘이 아닐진대 이 천한 곳에서 무얼 가
져가리오?"

"도성까지 소문난 당신의 비방."

"내 비방이라면 이 피죽과 산야초들뿐이오. 저 산들에 아무렇게나 널린 잡초와 풀때기에서 따고 걸어 온……."

"백미 열 섬을 내리겠소. 이 근동 백성들이 칭송하는 비방을 주시오. 군주의 뜻이오."

"굳이 그렇다면 이 죽이라도 맛을 보시오. 내 재주는 이것뿐이라오."

"고맙소."

대령숙수가 숨을 돌렸다. 하지만 정진도는 여전히 죽을 저을 뿐이었다. 꿀꺽꿀꺽, 군침을 삼키는 천민들을 따라 시간이 흘러갔다.

"아직도 멀은 거요?"

대령숙수가 물었다.

"말린 조팝나무 싹과 광대나물을 넣은 피죽이라오. 피는 벼 낱알처럼 깔끄럽기에 오래 삶아 속살이 터져야 겉껍질이 물러진다오. 나라님이 왔대도 지금 퍼줄 수는 없소."

"……."

대령숙수는 더 기다렸다. 피죽은 아궁이의 청솔가지가 다 탄 후에야 나왔다. 숯불을 끌어낸 정진도. 죽이 조금 더 퍼지기를 기다린 후에야 가마솥 안의 죽을 퍼냈다. 그나마 대령숙수의 차례는 병자들 다음이었다.

"저들은 병자들이오. 나라님이라도 기다려 주었을 것이니 불경하다고 생각하지 마시오."

반쯤 깨진 호롱박에 담긴 죽 한 국자. 그걸 받아 든 대령숙수의 손이 파르르 떨었다. 보기에는 개밥처럼 초라하지만 옥침을 자극하는 천하절정의 풍미였다.

'어디……'

한 숟가락을 머금은 대령숙수, 다리가 풀리고 말았다.

"대왕께서 찾던 진정한 식의가 여기 있었구려."

대령숙수가 허리를 조아렸다. 그날, 왕의 대령숙수가 받아간 게 야생초와 산야초죽 비기였다. 두 달 후, 왕에게서 하사품이 내려왔다. 정진도의 비기 약선죽을 먹고 건강이 쾌차된 데 대한 보상이었다. 먼저 받은 쌀 열 섬과 하사품은 모두 병자들을 위해 풀었다. 몸은 장애로 추레해도 행실은 의성(醫聖)에 가까웠던 정진도. 장애 때문에 왕의 식의가 되지 못했지만 설령 기회를 얻었다고 해도 낮은 사람들을 위해 고사했을 인품이었다. 100여 년하고도 수십 년이 지난 지금, 만인 앞에 그의 진가를 보여줄 기회가 왔다.

말린 통 마름 한 주먹.

말린 조팝나무 싹.

속살이 노란 공주 생밤 한 알.

민규는 일단 세 재료만을 챙겼다. 약재는 결명자와 당귀에 두충을 조금씩 골라 약선 형식을 갖췄다. 결명자는 간장 강화와 시력 보호, 당귀는 피를 맑게, 두충은 기력 및 정기를 강화하는 효능이 있었다.

"……!"

화면으로 확인한 심사단 일동이 고개를 갸웃거렸다. 방청석과 궁중요리 관계자들도 그랬다. 심사단 역시 민규의 식재료가 무엇인지도 모르는 사람이 태반이었다.

물론, 박세가는 알고 있었다.

마름.

식재료로는 쳐다보지도 않는 허접한 것.

물 위에 둥둥 떠서 산다. 개구리가 올라앉아도 끄떡없는 그 잎은 여름이면 하얀 꽃을 피워낸다. 현대화가 되기 전에 농촌에 살았다면 누구나 보았음 직한 마름. 그러나 윤선도의 어부사시사에도 출연하는 막강 족보를 자랑한다.

흰 그름 일어나고 나무 끝이 흔들린다.
돛 달아라 돛 달아라.
밀물에 서호(西湖) 가고 썰물에 동호(東湖) 가자.
삐그덕 삐그덕 어기여차.
흰 마름 붉은 여뀌꽃 곳마다 아름답다.

마름꽃은 작다. 여뀌꽃 역시 물가에 흔하다. 일부러 눈여겨보지 않으면 계란꽃으로 불리는 개망초처럼 기억에 남지 않는다.

마름에는 가시가 있다. 그 끝이 작살이나 미늘처럼 날카로워 손을 찌르기 일쑤다. 그 철갑 가시를 벗겨내면 천상의 맛이 튀어나온다. 그 맛은 시원한 밤 맛을 닮았고 고소한 깨금을 닮았다.

세 재료를 테이블에 챙겨둔 민규, 이번에는 멥쌀을 골랐다. 그조차 한 알, 한 알 세듯이 가려냈다. 방송국에서 준비한 건 최고급 쌀. 하지만 그 안에서 흠 있는 낱알을 가려내는 것이다.

식재료.

셰프라면 고를 수 있었다. 쌀도 고른다. 대개는 손바닥에 올려놓고 모양과 윤기를 본다. 더러는 깨물어 맛도 본다. 그러나 민규처럼 한 알, 한 알 골라내는 모습은 본 적이 없었다.

그렇거나 말거나 태연하게 요리대로 돌아온 민규. 이번에는 마름을 까기 시작했다. 통째로 말린 거라 잘 까지지 않았다. 하지만 한 알, 한 알 빠져나오는 속살은 가히 작은 신비경이었다. 빛이 닿으면 자색이 아른거렸다.

자색 역시 황제의 상징. 그 때문인지 마름에 대한 기대감이 솔솔 피어오르는 분위기였다.

'끙.'

박세가는 소리 없는 신음을 밀어냈다.

견적은 나왔다. 마름밥 아니면 마름죽이다. 처음 같으면 허, 하고 코웃음을 던졌을 박세가. 몇 번 당한 터라 알지 못할 불안감이 밀려왔다.

'또 무슨 수작을?'

멥쌀과 마름, 그리고 조팝나무 싹.

그 어디에서도 들어본 적이 없는 궁중요리였다.

'오냐, 네 경력이 일천하니 이제쯤이면 밑천이 드러난 거겠지.'

박세가가 요리에 돌입했다.

민규는 확독을 찾아 마름 알을 갈았다. 멥쌀도 요수와 정화수에 살짝 불려서 정성껏 갈아냈다. 조팝나무나물은 정갈히 씻어 지장수와 추로수 조합에 삶아냈다. 약재 달인 물에 추로수를 쓴 것은 모양을 살리기 위해서였다. 이 물은 피부와 살빛을 윤택하게 만들어줄 것이다.

먼저 한 일은 조팝나무 나물볶음이었다. 들기름을 담뿍 넣고 마늘을 소량 올렸다. 그 마늘이 자작자작 익어갈 때쯤 나물을 투하했다. 간은 태운 간장으로 맞췄다. 한 접시 소복하게 담은 후에 빨간 실고추와 노란 생밤채, 흰 참깨를 뿌려 마무리를 했다. 남은 건 마름죽이었다.

죽물을 잡기 전에 영부인을 보았다. 체질을 리딩했다. 지금까지 계속 시식을 한 그녀. 결국 마지막에도 나올 가능성이 높았다. 민규가 마침내 초자연수를 선택했다.

정화수+납설수+방제수.

영부인을 위한 저격용이었다.

그사이에 박세가의 요리도 가닥을 보이고 있었다. 민규의 짐작대로 생선숙편이었다.

—생선 3마리, 간장 3홉, 녹말 1되 5홉, 참기름 3홉, 잣 5작.

박세가가 준비한 식재료는 진연의궤에 나오는 구성이었다. '1홉'은 약 180ml이고 '1작'은 18ml였다. 민어살과 녹말, 참기름과 간장에 잣가루를 넣고 찰지게 반죽을 했다. 그는 심혈을 기울이고 있었다. 마지막 반전 내지는 만회가 필요한 까닭이었다.

반죽은 황색 면(綿)으로 곱게 싼 후에 황색 한지로 모양을 잡았다. 손놀림은 지금까지와 달랐다. 땀까지 흘리며 승부수를 던지는 박세가였다.

반죽 다음에는 절육이었다. 문어살을 오려 만든 건 포효하는 황룡이었다. 바로 그 순간, 민규는 잣을 만지고 있었다. 무얼 하는지 굉장히 세밀하고 꼼꼼한 손길이었다.

황룡을 완성시킨 박세가, 보란 듯이 찜통으로 다가갔다. 절육과 찜의 완성까지 완벽하게 계산된 동작이었다. 마침내 찜통이 열리자 최후의 작품이 나왔다. 모락거리는 김과 함께 한지가 벗겨졌다.

"와아!"

방청석에서 환호가 쏟아졌다.

"역시 박세가 선생."

화면이 그 모습을 부각시키자 일부 방청객들이 벌떡 일어섰다. 용이었다. 기다란 생선숙편의 양면에 위풍당당 새겨진 용. 조각처럼 선명하지는 않지만 용이라는 건 확실해 보였다.

박세가의 요리 혼. 한지 위에서 반죽을 주물러 모양을 잡은 것. 그의 가계 행적이 어찌 되었건 현대 궁중요리의 최고봉이라는 걸 증명하는 솜씨였다.

하지만 그 역시 거기가 끝은 아니었다. 치자에서 얻은 물을 양각의 용 모양에 정성껏 바르자 용의 위용이 선명하게 드러났다.

"우!"

방청석의 감탄이 신음으로 변해갔다. 용이 새겨진 생선숙편. 게다가 속살의 주인공은 민어. 냄새만으로도 천하일미가 될 것은 자명해 보였다.

진행자와 영부인, 심사단과 방청석의 궁중요리 관계자들까지 훑어본 박세가. 칼질을 시작했다. 칼질이 끝난 요리는 접시로 옮겨 갔다. 용 모양에 훼손 없이 한 입 크기의 칼질만 들어간 역작이었다.

두 마리 황룡 문어절편 사이에 놓인 민어숙편.

그 존엄은 압도적이었으니 왕을 기다리는 자태로 부족함이 없었다. 그 옆에 살포시 자리한 간장 종지. 안에 잣 세 알을 띄웠다. 그저 찍어 먹기만 하면 될 일이었다.

반면, 민규의 죽은 소박과 검박 그 자체였다. 보랏빛이 살짝 감도는 마름죽에 올라앉은 세 알의 잣. 아까와는 달리 금박도 씌우지 않았다. 딸림 찬으로 완성된 조팝나무나물 역시 검소함의 정수였다.

―황룡 문어절편으로 장식된 민어숙편.

―마름죽에 조팝나무나물.

화면에 잡히는 무게 추는 박세가 쪽으로 기울었다. 박세가의 미소도 슬그머니 살아났다. 아름다운 마무리를 기대하는 눈치였다.

"어떤 요리입니까?"

채강인이 박세가에게 설명의 기회를 주었다.

"숙종 45년, 1719년의 진연의궤에 나오는 생선숙편입니다. 본래는 일본에서 들어온 가마보곶을 우리 대령숙수들의 뛰어난 솜씨로 진보시킨 요리입니다. 가마보곶은 어묵입니다. 어묵은 본래 일본의 것으로 생각하는 분들이 많으나 우리나라에서 꽃을 피워 역수출된 경우라고 보는 게 타당합니다. 비하인드 궁중요리로 제격이라 생각되어 선을 보였습니다."

"이 셰프님, 이번에도 궁금증을 자아내는 요리 같은데 설명 부탁합니다."

민규의 차례가 되었다.

"이 요리는 약선마름죽에 조팝나무나물입니다. 조선시대에는 일반 백성이나 천민들이, 몇십 년 전에는 시골 등지에서 맛볼 수 있었던 음식이지요."

"아주 평범했던 식재료군요. 그런데 궁중요리 비하인드와는 어떤 관계가 있을까요?"

채강인이 물었다.

"어쩌면 평범조차도 못 했던 식재료였죠. 주로 먹을 것이 부족한 사람들이 허기를 채우는 재료로 삼았으니까요. 하지만 이 식재료를 아낀 왕이 있었으니 바로 영조대왕이십니다."

"영조께서요? 기록이 있습니까?"

"아쉽게도 구전으로만 전합니다. 영조는 임진왜란과 병자호란 이후의 어지러운 사회 분위기를 다잡기 위해 노력하셨는데 그 자신이 먼저 솔선수범을 보였습니다. 수라상의 반찬 가짓수를 줄인 것도 그분이었죠. 그때 더욱 검약한 모습을 보이기 위해 한 대령숙수에게 어명을 내린 바 향촌의 구석에서 천민과 노비들을 위해 식의로 정진하는 장애인 의원의 약선죽 비법을 알아오라 하셨습니다. 대왕은 들판의 이름 없는 풀과 씨앗으로 소선을 수라로 먹음으로써 신하들의 사리사욕에 경종을 울렸던 거죠. 그때 영조대왕의 수라상을 장식한 것이 바로 이 마름죽과 이팝나물입니다."

"그 구전은 어디서 들었습니까?"

심사단의 권병규가 질문을 내놓았다.

"저희 고조할아버지께서 전하신 말씀입니다."

"그렇다면 신뢰성이 부족하지 않습니까? 차라리 그 의원을 식의로서 내의원에 등용했다면 모를까?"

"그 의원의 이름은 정진도라 하였습니다. 소아마비로 다리를 심하게 절어 궁궐 내의원으로는 적합하지 않았다고 합니다."

"그것도 기록은 없는 거겠죠?"

"기록이 없는 것은 제 책임이 아닙니다. 어쩌면 사가의 비법이기에 궁중의 지엄한 벽에 막혀 무시된 일인지도 모르지요."

"설령 그 말이 사실이라고 해도 구성이 지나치게 빈약하지 않습니까? 식재료에 끼지도 못하는 마름가루에 조팝나무나물이라니……"

"죄송하지만 관장님은 마름죽을 드셔보셨습니까?"

"그건 아닙니다만."

"그럼 일단 드셔보시고 평해주시겠습니까?"

민규가 남은 죽을 반 국자 퍼 담았다. 그리고 그대로 내려가 권병규에게 주었다. 돌발 상황. 그러나 이번에도 김선달 피디는 계속 진행을 지시했다. 민규의 강철 같은 태도 때문이었다. 피디의 촉수에 감이 온 것이다.

"이 셰프……"

"한 입만 드셔보시면 됩니다."

"드셔보시죠."

난감해하는 권병규에게 진행자가 가세를 했다. 별수 없이 죽이 입으로 들어갔다.

"푸헙!"

권병규, 입에 물었던 죽을 그대로 뱉고 말았다.

"……!"

놀란 종규가 방청석에서 벌떡 일어섰다. 우태희와 홍설아도 하얗게 질리기는 마찬가지였다.

"맛이 이상합니까?"

옆자리의 손승기가 물었다.

"그게 아니라……."

권병규의 시선이 죽 그릇으로 옮겨 갔다. 옥색빛에 자색이 아른거리던 마름. 그걸 끓여내니 우아하고 연한 자색이 되었다. 그런데… 그 맛은…….

권병규가 다시 한 입을 물었다. 차마 넘기지 못하고 파르르 떠는 게 보였다.

"맛이 어떻습니까?"

조바심에 채강인이 물었다.

"잠깐만요."

카메라를 밀어낸 권병규가 남은 죽을 다 퍼 넣었다. 그는 씹고 자시고 할 것도 없이 그냥 삼켜 버렸다.

"……?"

이제는 영부인의 시선까지 쏠렸다. 대체 어떤 맛이기에 저런단 말인가?

"관장님."

채강인이 답을 재촉했다. 그러자, 권병규가 의자에 늘어져

버렸다.

"푸근하고 담백한 맛에… 아련하게 따라붙는 단맛… 이런 맛은 난생처음… 한마디로 표현하라면……."

권병규, 늘어진 채 중얼거리더니 한참 후에야 뒷말을 이어 놓았다.

"무릉도원의 신선들이 먹는 죽이 이런 맛이 아닐까 싶습니다."

"신선?"

"우!"

방청석이 술렁거렸다. 그보다 더 술렁이는 건 박세가의 눈빛이었다. 사실 권병규 역시 그의 측근이었다. 그렇기에 웬만해서는 박세가 편을 들게 되어 있었다. 하지만 손승기에 이어 그도 이탈을 하고 있었다. 게다가 신선의 맛이라니? 그야말로 녹다운에 다름 아니었다.

"영조께서 반할 맛이라고 생각지 않습니까?"

민규가 물었다.

"맛은… 인정하오."

"그럼 뭐가 문제입니까?"

"그렇다고 해도 수라상으로는……."

"그럼 남은 설명을 다 들어주시기 바랍니다. 먼저 조팝나무입니다. 우리말에 나물의 왕은 역시 나무에서 나는 것이 으뜸이라는 말이 있지요. 아시는 대로 조팝나무는 나무입니다. 그런데 이 꽃이 어떤 꽃인가요? 조선시대, 심지어는 우리나라 보릿고개의 시대까지 쌀밥나무로 불리며 허기를 대리로 채워주던 나무입니다. 거기 흰 꽃이 피면, 샘물 한 모금에 조팝나무 꽃 한 번, 그렇게 주린 배를 달래주던 나무. 그 나뭇잎으로 만든 나물이니 그 또한 한 젓가락 집을 때마다 쌀밥 한 그릇의 상상을 안겨줍니다. 가히 백성의 허기를 달래준 나무의 나물이니 영조께서 사랑할 만하지 않습니까?"

"……!"

"마지막으로 이 잣입니다. 조선의 성군들은 마음으로 백성의 아픔을 함께했습니다. 그렇기에 그 참뜻을 아는 대령숙수들은 이런 소선을 올릴 때 왕의 뜻에 맞춰 지나친 화려함을 경계했던 거지요. 하지만 그래도 왕의 소선인지라 남몰래 공을 들였습니다. 카메라가 이 잣을 클로즈업해 주시면 감사하겠습니다."

민규가 잣을 가리켰다. 당장 카메라가 방향을 틀었다. 민규의 상에 올려진 마름죽, 그 위에 올려진 세 개의 잣.

"아!"

잣이 확대되자 스튜디오 전체에 경악이 터져 나왔다. 잣. 그냥 잣이 아니었다. 그 작은 잣에도 조각이 있었다. 카메라가 수십 배 확대하자 비로소 정체가 드러났다. 위풍당당한 용이었다.

"……!"

박세가의 얼굴은 하얗게 질리고 있었다.

절육.

문어나 오징어 등을 오리는 각색절육. 이 또한 조선왕조의 연회에서는 빠질 수 없는 찬품의 하나였다. 절육에 있어서라면 박세가의 솜씨가 그의 부친 박선국보다도 뛰어났다. 그렇기에 아버지 대신 절육을 오린 적도 많았다.

그렇다고 해도 잣 조각은 언감생심이었다. 그런데 그 언감생심을 민규는 현실로 만들고 있었다. 더구나 용의 모습도 완벽했다. 작다고 대충 새긴 것이 아니었다.

"허어!"

심사단은 일제히 고개를 저었다. 잣에 새겨진 용으로 논쟁에 쐐기를 박는 민규였다.

"박세가 선생님, 이 셰프의 요리에 대한 견해, 어떻습니까?"

채강인이 박세가에게 물었다.

"매번 아전인수 격의 해석을 하니 말하기 난감하군요. 다만 제가 아는 건 저런 궁중요리는 없었다는 사견을 밝힙니다."

"비하인드라는 전제를 달아도 말씀입니까?"

"궁중의 비하인드라면 주로 왕가의 정력제거나 일반적인 식재료가 아니라 귀한 식재료 쪽이었습니다. 상식적인 얘기 아니겠습니까?"

"죄송하지만 가끔은 주객이 바뀌는 경우도 있습니다."

박세가가 민규를 비웃듯 바라보자 민규가 화답을 해버

렸다.

"무슨 뜻인가?"

박세가가 웃으며 물었다. 이때까지의 박세가는 그나마 정신 줄이 붙어 있었다.

"죄송하지만 민어숙편이 그렇습니다."

"내 요리?"

박세가의 미간이 확 일그러졌다.

"아까 말씀하시길 민어숙편이 일본에서 전래되어 조선에서 발전된 후에 다시 일본으로 역수출되었다고 하셨습니다."

"그렇다고 보네만."

"제 판단은 좀 다릅니다. 가마보곶이라는 표현은 수문사설에 나옵니다만 이 책의 저자에 대해서는 중국어 역관이다 궁중 고위직의 자제다 하는 논란이 존재하더군요. 어쨌든 당시는 중국, 일본과 교통이 많았던 시대인데 그쯤 일본에서 들어오는 문화와 문물에는 전부 '왜'라는 접두사를 붙였습니다. 손승기 교수님, 어떻습니까?"

민규가 손승기를 찍어 물었다.

"그렇기는 합니다."

손승기가 답했다.

"그렇다면 말입니다. 민어숙편의 요리법인 생선숙편 역시 진연의궤에 '왜생선숙편'으로 나와야 하지 않았을까요? 하지만 그냥 생선숙편으로 나왔습니다. 생선숙편, 맞지요?"

이번에는 박세가를 겨누는 민규.

"그건 맞지만……."

"두 요리서의 기록이 정확하다면, 제 생각은 박세가 선생님과 견해를 달리합니다. 즉, 일본의 어묵이 들어와 우리나라에서 꽃을 피웠고 그게 일본으로 다시 건너간 게 아니라… 애당초 우리나라에서 시작된 어묵을 교역이 활발한 당시에 일본인들이 가져가 일본식으로 진보시킨 게 맞다고 봅니다만 손승기 교수님의 견해가 궁금합니다."

다시 손승기에게 답을 요구하는 민규.

"……!"

손승기의 눈가에 경련이 이는 게 보였다.

일본의 어묵과 조선의 생선숙편.

이웃한 나라를 두고 발전한 이 요리에 대해 정확하게 설명하는 자료는 없었다. 어떻게 보면 박세가의 주장이 맞을 수도 있고 민규의 주장이 맞을 수도 있었다. 손승기는 주저했다. 애석하게도 민규를 눌러 버릴 결정타가 없었다. 그러는 사이에 진우재가 쐐기를 박아주었다.

"저는 이민규 셰프에게 한 표를 던집니다. 생선숙편이라는 말이 나온 건 1719년, 왜의 어묵인 가마보곶은 1746년에 수문사설에 나오니 반증이 될 수도 있습니다."

"김 부회장."

이현종이 손승기를 거들려고 할 때였다. 하필이면 영부인의 박수가 터져 나왔다.

짝짝!

그게 신호였다. 방청석에서 뜨거운 박수가 쏟아졌다. 그 박수의 물결은 한결같이 민규를 향하고 있었다.

짝짝짝!

그치지도 않았다.

8. 대세 확정

시식이 진행되었다. 영부인은 차마 말을 잇지 못했다. 심사단들도 그랬다. 마름죽에 조팝나무나물. 초라하게 보이는 구성이지만 그 맛은 형언할 수조차 없는 천상진미였던 것.

"소감 한 말씀 해주시죠."

채강인이 영부인에게 물었다.

"박 선생님의 민어숙편은 용궁의 맛이네요. 둘이 먹다 하나가 까무러쳐도 모르겠어요. 반면 우리 이 셰프님 마름죽은 천상의 맛이라고나 할까요? 크게 주목하지 않는 야생초 재료로 이런 맛이라니… 남들이 외면하는 전통의 맛까지도 찾아내는 노력에 다시 한번 박수를 보냅니다."

영부인은 어느 쪽으로도 치우치지 않으려 노력했다. 하지만 누가 들어도 민규 손을 들어주는 게 분명했다. 마무리의 시식의 분위기도 변하지 않았다. 민규의 죽은 한 톨의 남김도 없이 비워졌고 박세가의 민어숙편은 말 그대로 시식으로 끝났다. 민규의 압승이었다.

"오늘 우리는 궁중요리의 정수를 보고 듣고 맛보았습니다. 궁중요리가 왜 궁중요리인지, 그 요리들은 어떤 의미와 역사적인 배경을 가지고 있는지, 궁중요리의 대가와 전문가들에게 듣고 맛보는 유익한 시간이었습니다. 그럼 아쉬움을 뒤로하고 궁중요리, 그 베일을 벗겨주마 편을 마치겠습니다. 수고해 주신 두 분 셰프님과 심사단 여러분, 어려운 걸음을 해주신 영부인님께 감사를 전합니다."

채강인의 멘트와 함께 무대의 조명이 꺼졌다.

"으으……."

겨우 다리를 지탱하고 있던 박세가, 그대로 의자에 주저앉고 말았다. 아득한 현기증과 함께 찾아온 격렬한 복통이었다.

짝짝짝!

그때까지도 민규를 향한 환호와 박수는 그치지 않고 있었다.

"형!"

녹화 종료가 선언되자 종규가 뛰어나왔다.

"굉장했어."

종규는 흥분되어 있었다. 어떻게 흥분하지 않을 수 있을까? 딱 봐도 첩첩산중으로 불리한 상황을 혼자 힘으로 관통하고 나온 민규였다.

"어이구, 쫄은 거 봐라. 형이 걱정 말라고 했지?"

"몰라. X발, 우리 형, 왜 이렇게 멋진 거야?"

종규가 울먹거렸다. 그사이에 영부인이 다가왔다.

"이 셰프님."

"예."

"정말 감동이었어요. 궁중요리에 전문가급이라고 자처하는 제가 이런 분이 계신 줄 몰랐다니 너무 부끄럽네요."

"과찬이십니다."

"약선요릿집을 운영하고 계시다고요?"

"예."

"안드레 주도 그런 말을 한 것 같은데 방청석에서 하는 얘기도 명의급 약선요리라 해요. 제가 눈이 좀 침침한데 그런 것도 약선죽으로 되나요? 언제 한번 들르고 싶어요."

"그럼 천천히 찾아오셔도 됩니다."

"예?"

"눈을 체크해 보세요. 그렇잖아도 눈이 침침한 것 같으시길래 시식하시는 요리에 관련 약재를 넣었습니다. 지금은 괜찮을 겁니다."

"어머?"

영부인이 시선을 돌렸다. 눈을 끔뻑이며 사물을 돌아본
다.

"……!"

영부인의 각막에 힘이 들어갔다. 이제 보니 사물이 선명했
다. 시야가 맑아진 것이다. 초자연수의 위력이었다. 민규가 처
방한 세 자연수 정화수와 납설수, 방제수. 민규의 저격은 제대
로 통했다.

"이, 이게……."

좋아 어쩔 줄을 모르는 영부인.

"방문은 언제든 환영합니다. 약선죽을 한 번 더 드시면 더
욱 선명해질 테니까요."

"요리에 정신이 팔려 모르고 있었어요. 그런데… 나도 모르
는 사이에 내 눈의 침침함을 가시게 만들다니……."

"……."

"가겠어요. 눈도 그렇지만 마지막에 먹은 마름죽은 어떻게
든 한 번 더 먹고 싶네요."

"그 죽의 식재료는 양이 많지 않지만 오신다고 하시면 꼭
준비해 두겠습니다."

"정말 대단하세요."

영부인, 민규를 격려하고 박세가 쪽으로 향했다.

"악!"

영부인을 안내하던 신지유가 비명을 질렀다. 민규가 고개를 들었다. 박세가 쪽이었다. 하얗게 질린 박세가의 얼굴은 백지장에 가까웠다. 게다가, 이미 정신을 놓은 후였다.

＊　　　＊　　　＊

"……!"

눈을 떴다. 사방은 흐렸다.

"선생님."

박세가의 귀에 들린 건 차영순의 절박한 목소리였다.

"여기는?"

"대기실이에요. 물 좀 마시겠어요?"

"물?"

박세가의 입에 물컵이 닿았다. 그대로 마셨다. 물맛은 낯설었다. 하지만 몸에는 좋았다. 부드럽게 위장을 어루만지나 싶더니 끊어질 듯하던 통증의 잔재를 씻은 듯이 데려가 버렸다. 박세가의 눈앞이 밝아지기 시작했다. 온몸이 선뜻해지고 복부의 통증은 느껴지지 않았다.

"구급차가 대기 중인데 병원으로 모실까요?"

차영순이 물었다.

"방송은?"

"그대로 끝났습니다."

"……."

"제가 논쟁 부분을 편집해 달라고 이의를 제기하기는 했지만 워낙 분위기가……."

"영부인은?"

"그분도 이민규 쪽인 듯……."

"어이가 없군."

"죄송합니다. 제가 더 힘을 보탰어야 했는데……."

"변재순이야 그렇다고 쳐도 이현종과 권병규, 손승기도 이의 제기를 하지 않았단 말인가?"

"아까 말씀드렸지만 분위기가……."

"허어, 분위기라니. 젊은 놈의 치기였어. 틀린 것을 바로잡아야 하는 게 그들의 책무가 아닌가? 자네도 내가 틀렸다고 생각하나? 우리 선친이 대한제국의 마지막 대령숙수셨다고."

박세가의 목소리가 높아졌다.

"저야 선생님을 믿지만 분위기가……."

"또 그 소린가? 대체 분위기가 어땠길래? 이민규, 그놈이 궤변을 들고 나와 분위기를 흐린 것 아닌가? 그따위 궤변에 놀아나면 궁중요리는 뿌리가 흔들리게 되어 있어. 그 어린놈이 대체 어디서 원방 궁중요리를 배웠겠나? 말도 안 되는 소리를……."

"선생님."

"뭐?"

"방청석에 약선요리를 하는 월하 스님이 계셨는데 그분 말씀이……."

"월하? 그 스님이 뭐랬기에?"

"이 셰프의 전생이 고대의 궁중요리사와 중세의 대령숙수 대가였던 것 같다고……."

"뭐야? 전생?"

"전생을 보기로 유명한 분 아닙니까? 일본 NHK 방송과 미국의 CNN에도 출연한 바도 있으니……."

"허어, 망조로군. 망조야. 그 비구 돌중이 늘그막에 정신 줄이라도 나간 게지."

"정신 줄은 선생님이……."

"차 선생!"

"그리고 그 정신 줄을 돌려놓은 게 바로 이 셰프입니다."

"뭐야?"

박세가가 파득 고개를 들었다.

"그건 또 무슨 소린가? 그 놈이 내 정신을 돌려놓다니?"

"선생님이 기절하자 스튜디오가 뒤집혔습니다. 진료진을 부르고 119를 부르고 난리가 났는데……."

"그랬는데?"

"이 셰프가 이쑤시개로 선생님 손발 응급 혈자리에 침을 놓아서……."

"침?"

"아주 익숙해 보였습니다. 내관과 합곡, 족삼리라고……."

"……!"

차영순의 말을 들은 박세가가 손을 보았다. 손목 위와 손등에 상흔이 있었다.

"그놈이 한의사라도 된단 말인가?"

"한의사는 아니지만 식사와 오장육부에 관련된 침은 좀 놓을 줄 아는데 다행히 잘되었다고 했습니다."

"……."

"지금 복도에 있습니다. 5분만 지나면 회복될 거라고, 그래도 안 되면 병원으로 모시라고 했는데 정말 여기 누운 지 5분만에……."

"……."

"선생님……."

딸깍!

그 틈에 문이 열렸다. 안으로 들어선 사람은 영부인과 민규, 김 피디와 구급 대원이었다.

"깨어났군요?"

영부인이 다가왔다.

"영부인님……."

광분하던 박세가가 자세를 가다듬었다.

"걱정 많이 했어요. 이 셰프 말대로 회복이 되었으니 다행이네요. 어떠세요?"

"······."

"우리 이 셰프, 정말 대단해요. 어쩌면 침술도 요리에 못지 않네요?"

영부인이 민규를 바라보았다. 애정이 담뿍 깃든 시선이었다.

"원로에 위급한 상황이라 아는 재주를 써보았는데 잘되어 다행입니다."

겸손하게 답하는 민규.

"이제 마음 놓고 가도 되겠네요. 몸조리 잘하세요."

영부인이 격려를 남기고 문을 나갔다. 구급 대원도 돌아갔다. 뒤를 이어 피디가 차영순을 데리고 나갔다. 방 안에는 민규와 박세가만 남았다.

"복통은 괜찮으십니까?"

민규가 물었다.

"······."

"미리 말씀드렸지만 선생님은 비위장이 좋지 않습니다. 오랜 요리사 생활로 식사를 제때 챙기지 못한 애로가 있을 것이니 차후에라도 신경을 쓰심이······."

"······."

"그럼 저는 이만······."

"잠깐."

민규가 돌아설 때 박세가의 입이 열렸다.

"하실 말씀이 있습니까?"

"자네 월하 스님을 아나?"

"모릅니다만."

"사찰요리 쪽에서 유명하기도 하거니와 전생을 보는 재주를 가졌지. 내 전생도 봐준 적이 있는데 아주 허튼 건 아닌 것 같았고."

"예……."

"그 사람이 말하길 자네 전생이 궁중요리의 대가에 대령숙수였다고 했다더군."

"……?"

"요리는 누구에게 배웠나? 솔직히 말해보게."

"독학했습니다."

"조상 중에 고려 대(代)의 대령숙수가 있었다고 했나?"

"예."

"정말 궁중요리는 뭐든 가능한가?"

"7첩반상 수라상을 시작으로 시제와 묘제, 유반과 골동반 등의 주식류, 열구자탕과 신설로, 승기아탕 등의 탕류, 숙편과 찜의 찜류, 설야멱과 느르미, 병자 등의 구이류, 구절판과 탕평채 등의 나물 관련 요리에 유밀과와 떡까지 가능합니다."

"아까 스튜디오에서 하던 만큼?"

"그보다는 조금 나을 수 있습니다. 실제 요리는 익숙한 제

주방에서 그 사람의 체질에 맞추는 일이니까요."

"궁중요리사의 피가 있기는 있는 모양이군. 전생 덕이든 조상 덕이든……."

"그런 모양입니다. 이따금 꿈속에서 저를 돕고 있거든요."

"재료에 하는 황금도포는 어디서 배웠나?"

"그 또한 꿈에서……."

"허헛, 꿈이라… 하긴 인생 자체가 한 편의 꿈이기는 하지."

박세가 지그시 눈을 감았다. 칼날처럼 시퍼렇던 각은 다 무너진 후. 이제 민규 앞의 박세가는 한 사람의 노인에 불과했다.

"그럼 이만……."

"자네, 나가면서 김선달 피디 좀 불러주시게."

"피디를?"

"차 선생과 심사단 일부가 녹화의 논쟁 부분에 대해 편집을 건의했다고 하더군. 사실 나도 그런 생각이었네만 생각이 바뀌었네."

"선생님……."

"인생의 큰 사건은 누구에게나 교통사고처럼 느닷없이 찾아오는 것이지. 이제 나이도 좀 들어서 쉬어야겠다 싶은 생각이 들곤 했는데 오늘이 그 계기인 것 같네."

"……."

"방송이 나가면 여론이 생기겠지. 세상이 자네 편을 든다면 거기 따르겠네. 사실 내 선친께서 일본 사람들과 소통했던 건 사실이었네. 자본이 필요하다 보니 그랬고, 그 신세를 지다 보니 일본풍의 요리를 더러 섞어내셨지."

"……."

"내가 왜 이 말을 자네에게 하는지 아나?"

"모릅니다."

"친일이 어쩌고 대령숙수 진위가 저쩌고 하는 논란이 있었지만 그래도 내 선친의 요리 솜씨는 당대 제일이셨네. 그 피를 받았기에 국내에서는 나도 단 한 번도 진 적이 없어. 해방 후에는 10대의 나이에 조선요리 대회에서 장원을 했고 60~70년대에 이미 조선 팔도 최고의 요리사로 이름을 떨쳤지. 딱 한 번의 패배는 중국이었지만 그때는 정식 대회가 아니었으니……."

"……."

"그런 내가 처음으로 패배를 인정하는 걸세. 오늘 궁중요리의 승자는 자네일세."

"선생님."

"스튜디오 안에서 해야 할 말인데 여기서 하게 되는군. 보아 하니 품성도 좋고 요리 솜씨와 주관도 뚜렷하고… 부디 교만하지 말고 궁중요리의 원류를 찾아내어 이어가는 데 큰 재목이 되어주길 바라네."

"선생님……."

"기절한 나를 도와준 것도 고맙네. 창자가 끊어지는 것 같았는데 자네의 화려한 요리만큼이나 감쪽같이 좋아졌어."

"그거야 선생님이라도 제게……."

"아니, 나라면 안 도왔을 걸세. 늙으면 마음이 편협해지거든."

박세가가 웃었다. 첫인상처럼 교활과 교만이 어린 막강 꼰대의 미소는 아니었다.

"고맙습니다."

민규, 그 솔직한 고백에 고개 숙여 감사를 표했다. 출발부터 삐뚤어진 궁중요리관을 가지고 있었던 박세가. 그러나 그 시작이 부친이었기에 타파하기 어려웠을 일. 일부라도 솔직한 심경을 피력해 주니 고마울 뿐이었다.

'아자!'

복도로 나온 민규가 주먹을 불끈 쥐었다. 성공적인 촬영에 이어 박세가의 승복. 민규가 원하던 것은 다 얻은 셈이었다.

"셰프님."

복도 끝에서 우태희와 홍설아 등이 손을 흔들었다. 그들에게 다가가 응원에 대한 감사를 전했다.

"셰프님 대단해요."

"셰프님이 대세!"

민규 주위로 몰려든 연예인들이 한 번 더 환호성을 울렸다.

연예인들 뒤로 변재순이 보였다. 그녀에게도 인사를 챙기자 민규에게 다가왔다.

"이 셰프."

"예."

"내가 큰 빚을 졌네요."

민규를 바라보는 변재순의 시선은 헐렁했다. 박세가와 더불어 쌍두마차를 이루는 궁중요리의 대가 변재순. 그녀는 또 무슨 빚을 졌다는 걸까?

"무슨 말씀이신지……."

민규가 물었다.

"오늘 이 셰프는 처연했고 나는 비겁했어요."

변재순의 시선에 습기가 맺히기 시작했다.

"선생님……."

"처음에는 앞길이 구만리 같은 젊은 요리사 하나 잡는 거 아닌가 걱정했어요. 이 셰프가 박세가 선생의 희생양이 되는 거 아닌가 싶어서……."

"……."

"이 셰프가 박세가 선생의 노여움을 샀다고 들었거든요. 박세가 선생의 스타일이 원래 그런 사람이라서……."

변재순의 눈에 회한이 어렸다. 그녀가 기억하는 박세가는 그랬다. 자신의 궁중요리 권위에 도전하는 요리사는 그냥 넘기지 않았다. 그렇게 희생당하고 외국으로 쫓겨 간 사람만 해도 셋이나 되었던 것.

"나는 원래 소심해서 논쟁을 싫어해요. 그저 할 줄 아는 건 요리뿐이죠."

"……."

"그렇다고 해도 장님이나 귀머거리는 아니에요. 내 증조할머니와 할머니에게 들은 게 있었으니 박세가 선생의 주장에 틀린 게 있다는 것도 알고 있었죠."

"……."

"처음부터 바로잡았어야 했는데 늦어버렸어요. 박세가 선생이 집요하게 나를 함께 물고 가는 바람에 늘 같은 선상에 놓였었거든요."

"예……."

"오늘도 들러리였어요. 프로그램에서 섭외가 왔을 때 거절했는데 박세가 선생이 전화해서 궁중요리의 변질을 보고만 있을 거냐며… 궁중요리 수혜자로서 의무는 다해야 하지 않냐는 거예요. 그저 자리만 지키면 된다고……."

"……."

"대체 또 누굴 잡으려는 건가 싶어서 제자들에게 지시를 했더니 이 셰프에 대해 알아 오더라고요. 최근에 등장한 궁중요리와 약선요리의 신성이라고……."

"신성까지는……."

"신성이 아니면 식신이겠지요. 그것도 아니면 요리의 신?"

"선생님."

"여태껏 밥값도 못 하는 주제에 궁중요리 대가 취급을 받았는데 박세가 선생이 던진 '의무'라는 말을 곱씹어보니 얼굴이 화끈거렸어요. 나도 비겁하게 박세가 선생의 볕을 함께 쬔 게 아닌가 싶은……."

"……."

"더 늦기 전에 박세가 선생 중심의 궁중요리를 바로잡아야겠다는 생각이 들더라고요. 내가 그 자리를 차지할 생각은 추호도 없지만 더 먼 미래를 위해서 말이에요."

"……."

"해서 방송국에 옵션을 걸었어요. 만약 진우재 선생을 불러준다면 출연을 하겠다고요. 다만 그에게는 비밀을 지켜달라고."

진우재.

진보학자로 보수적인 심사단에 포함되었던 사람. 그가 선택된 이유를 여기서 알게 되는 민규였다.

"나는 원래 말주변이 없어요. 하지만 진우재 선생의 주장에 상당한 일리가 있다는 건 알고 있었지요. 그러니 내 의무를 대신해 주선을 했는데……."

"그랬군요. 그분의 지지가 큰 힘이 되었습니다."

"아니에요. 그 반대입니다."

"예?"

"방송이 끝난 후에 결국 김 피디가 진우재 선생에게 말을 한 모양이더군요. 진우재 선생이 내게 와서 고마움을 전하고 갔습니다."

"아……."

"그 말을 하더군요. 망망대해에서 천군만마를 만난 기분이었다고. 이 셰프의 강철 같은 신념과 요리 구현 말입니다. 지금까지 박세가 선생 앞에서 자신의 요리를 주장하고 실현한 사람은 이 셰프뿐이거든요. 나조차도 그 사람의 언변과 위세 앞에서는……."

"……!"

"그러니까 진우재 선생이 이 셰프를 지지한 게 아니라 이 셰프가 진우재 선생의 주장을 뒷받침함으로써 궁중요리를 바로 세우는 작업에 힘을 준 겁니다."

"선생님."

"언제 내 요리방에도 한번 오세요. 박세가 선생에게 깨달음을 주었으니 내게도 주셔야죠. 아까처럼 빛나는 신념과 바른 요리관으로……."

"선생님."

"늙은 선배가 다시 한번 사과합니다. 다시 한번 감사합니다. 하늘이 무심치 않아 결국 이렇게 기막힌 인재를 내려주었군요."

"선생님……."

"내 명함이에요. 아, 어쩌면 진우재 선생이 이 셰프를 찾아 갈지도 모릅니다. 일본 강연이 잡혀 있어 비행기 때문에 바삐 가지만 꼭 다시 보고 싶다고… 굉장히 행복해하더군요."

변재순이 민규의 어깨를 어루만져 주었다. 민규에게 큰 힘이 되는 격려였다.

짝짝!

다시 연예인들이 박수를 쳐주었다. 그녀들에 둘러싸인 민규, 문을 나가는 변재순의 뒷모습을 끝까지 바라보았다. 하늘은 스스로 돕는 자를 돕는다. 적어도 오늘은 그랬다.

*　　　*　　　*

"까아아!"

재희는 척추가 녹아날 정도로 몸서리를 치며 자지러졌다.

"수라상으로 시작된 역사의 시작은 마침내 마름죽에서 끝났어. 박세가는 완전 KO 녹다운이었고."

"와아아!"

"아, 속이 다 시원하다. 그 꼰대……."

"우와."

"영부인도 형 요리에 뻑 간 눈치시더라고."

"와아."

"마지막에는 충격 먹은 박세가가 레알 기절해 버렸다

니까."

"그만하고 재희는 빨리 집에 가라. 부모님 걱정하신다."

종규의 실황중계를 듣던 민규가 슬쩍 브레이크를 걸었다.

그냥 두었다가는 밤을 새우고도 모자랄 것 같았다.

"괜찮아요. 늦는다고 전화했거든요. 셰프님이 방송 촬영을 한 날이잖아요."

재희는 종규 편이었다. 듣고 또 들어도 궁금한 게 남은 것이다.

"거기 다시 한번 말해봐. 셰프께서 만드신 용봉탕 말이야. 붕어로 잉어를 눌렀다고?"

"그렇다니까. 우리 형이 딱 중심 잡고 내력을 까발리니까 전문가들도 깨갱 꼬리를 말더라고."

"아, 나도 갔어야 하는 건데……."

"야, 안 오길 잘했다. 내 가슴 좀 봐라. 다 타서 재만 남았어. 어찌나 조마조마하던지……."

종규가 앞가슴을 내밀었다.

"쳇, 오빠가 무슨 가슴이나 있어? 쪼잔해 가지고."

"뭐, 쪼잔? 니가 내 가슴에 들어와 봤어?"

"처녀가 총각 가슴에 들어가려면 정분이 나야지."

"어, 할머니!"

종규가 소리를 따라 고개를 돌렸다. 황 할머니의 등장이었다.

"아직 안 가셨어요?"

민규가 물었다. 오자마자 무용담이 펼쳐지는 통에 할머니를 체크하지 못했다. 밤이 깊었으니 이미 가셨겠거니 했던 짐작이 틀린 것이다.

"장 담그자며? 준비 좀 하다 보니 늦었어. 게다가 재희 혼자만 놔두기도 그렇고……."

"아, 그렇게 무리하실 필요는 없는데……."

"뭐가 무리야? 나도 밥값은 해야지. 그나저나 밖에서 듣자니 방송에 출연한 게 잘됐다고?"

"네, 우리 형이 궁중요리의 대가 박세가를 확 깔아뭉개고 왔어요. 그 자리에 대통령 영부인도 있었다니까요."

다시 종규 목소리가 높아졌다.

"세상에, 영부인까지?"

"우리 형 요리는 먹고는 뻑 가더라고요. 우리 가게에 오신다고 약속도 했어요."

"아이고, 이런 경사가 있나?"

할머니가 무릎을 치며 좋아했다.

"역시 우리 형이라니까요."

"그건 그렇고 저녁은?"

할머니가 물었다.

"먹지는 않았는데 배가 안 고프네요."

민규가 뒷통수를 긁었다.

"저런, 사장님 배곯는 줄도 모르고… 잠깐만 기다려. 저녁은 내가 차려줄게."

할머니가 팔을 걷고 나서자 재희가 그 길을 막았다.

"아니에요. 할머니는 앉아계세요. 제가……."

"어허, 왜 이래? 나도 사장님께 충성 좀 해보자고."

"그럼 같이 해요. 제가 보조할게요."

재희는 애교를 떨며 할머니 뒤를 따랐다.

즉석 상차림이 나왔다. 할머니표 비빔밥이었다. 미리 준비한 나물이 있으므로 오래 걸리지 않았고 딸림 장국은 재희가 끓여냈다.

"대충대충 골동반과 골동갱 나왔습니다."

재희가 테이블을 차렸다. 골동반은 일종의 비빔밥, 골동갱역시 여러 가지를 섞어 끓여낸 잡탕을 가리키는 말이었다.

"진짜 대충이네? 고기가 없잖아?"

종규가 볼멘소리를 냈다.

"오빠, 수고한 사람은 셰프님이잖아? 오빠는 곁들임이니까 군소리 말고 먹어."

재희가 종규에게 핀잔을 주었다.

"얘가 사람 괄시하네? 오늘은 내가 형 보디가드이자, 비서이자, 코디이자, 로드매니저였다고."

"예, 매니저님. 그럼 마지막까지 봉사하는 의미에서 가서 샴페인 한 병 가져오시죠? 두 섬섬옥수께서 성찬을 차려주셨는데 간단히 한잔은 해야죠?"

민규가 종규의 등을 밀었다.

쪼르륵!

샴페인이 잔을 채웠다. 할머니도 기꺼이 잔을 받았다.

"할머니께서 한 말씀 하세요."

민규는 축사의 기회를 할머니에게 넘겼다.

"내가?"

할머니, 놀란 두 눈이 동그래졌다.

"당연하죠. 우리 가게 최연장자시고 장(醬)의 대가시잖아요."

"화이고, 늘그막에 사장님 잘 만나서 호강하네. 그러믄 내가 한마디 해볼까?"

할머니가 잔을 들고 일어섰다.

"자, 그 뭣이냐? 우리 잘나가는 사장님의 대박을 위하여, 맞지? 대박?"

할머니가 재희를 바라보았다.

"맞아요. 대박!"

"대빠악!"

할머니가 잔을 치켜들었다. 그 팔놀림이 어색해 잔 속의 샴페인이 튀었다. 그리고 샴페인이 고스란히 민규를 덮쳤다.

"아이고, 이걸 어째? 술 마시기도 전에 취했나?"

"괜찮아요, 할머니. 원래 축하는 그렇게 하는 거예요. 샴페인으로 이렇게!"

장난기가 발동한 종규도 자기 잔을 민규 머리에 부었다.

"앗, 그럼 저도 죄송합니다, 셰프님."

재희의 잔도 그 뒤를 이었다. 졸지에 샴페인을 뒤집어쓴 민규, 자기 잔도 셀프로 머리에 부어버렸다.

"아, 달달하다."

볼을 타고 내려오는 샴페인이 입술에 닿았다. 진솔한 마음이 담긴 샴페인. 그 무엇에도 비할 수 없는 달콤함이 혀 안으로 밀려들었다.

陰陽和合 萬物化生(음양화합 만물화생).

운명 시스템이 뽑아준 운명의 괘.

음양이 화합하니 만물이 화생하누나. 안과 밖에서 화합하니 만사 대박 형통하리라. 이제는 자기 힘으로 운명의 괘를 구현해 가는 민규였다.

그 밤, 민규는 김선달의 전화를 받았다.

—셰프님.

그의 목소리는 잔뜩 고양되어 있었다.

"무슨 문제가 있나요?"

─맞습니다. 문제가 생겼습니다.

"……?"

─셰프님이 가고 심사단과 미팅이 있었습니다.

"……."

─편집 문제를 들고 나오려나 했는데 아니더군요. 이번 녹화는 전적으로 우리 스태프에게 맡긴다는 선언이 나왔습니다.

"……!"

─전문가들이 셰프님의 주장과 요리를 인정한 겁니다. 아시겠습니까?

"예."

─이거, 보통 사건이 아닙니다. 궁중요리에 새로운 획을 긋는 순간입니다. 덕분에 저는 방송인의 사명을 다했으니 셰프님 덕분입니다.

"피디님의 모험이 적중하는 순간이군요?"

민규가 넌지시 피디의 속내를 짚어냈다.

─솔직히 저는 감을 잡고 있었습니다. 셰프님이 해내실 거라는…….

"이제 박세가 선생과 차영순 선생은 방송 퇴출인가요?"

─그래야죠. 부친의 친일 시비와 대령숙수 논쟁은 몰라도 궁중요리의 원류로 인정하기에는 헐렁하다는 게 입증되었지 않습니까?

"그럼 그 자리는 누가 채우게 되나요?"

―셰프님이 채워주십시오. 방금 국장님과도 의논이 끝났습니다.

박세가와 차영순의 자리.

큰 자리였다. 작년의 민규라면 죽었다 깨어나도 쳐다볼 수 없는 자리. 그때 이런 제의가 들어왔다면 까무러칠지도 몰랐다.

하지만, 지금의 민규에게 있어 그 자리는, 욕심나는 자리가 아니었다. 그걸 위해서 혼을 기울인 것도 아니었다.

"고사합니다."

민규의 답은 명쾌했다.

―셰프님.

"저는 진우재 선생님을 추천합니다. 그분이라면 궁중요리의 바른 길을 걸어가실 사람 같더군요."

―셰프님······.

"오늘 수고하셨습니다. 제가 내일 예약 손님 준비 때문에 바빠서 이만······."

―세, 셰프님.

피디의 말이 끝나기도 전에 통화를 끊어버렸다. 이미 끝난 상황에 더 연연하기 싫었다. 박세가 선생도 자신의 과오를 인정한 마당이니 더욱 그랬다.

쪼르륵!

정화수 한 잔을 소환해 시원하게 마시고 오늘의 일을 지워

냈다. 위장으로 내려간 물이 흡수되는가 싶더니 머리와 눈이 단숨에 맑아졌다.

"종규야, 내일 예약 가져와라."

내실을 향해 소리쳤다. 다시 요리 속으로. 가도 가도 신비한 오묘한 맛의 세계로 끊임없이 올인하는 민규였다.

9. 의사 위의 식의食醫

죽.

아침의 예약은 죽 행렬이었다. 이제는 거의 일상화가 된 풍경이었다.

죽 쒔다.

세간에 그런 말이 있다. 부정적인 뉘앙스로 일을 망치거나 실패했을 때 사용한다. 하지만 요리에 있어서는 달랐다. 밥보다 몇 배나 힘든 게 죽이었다.

조선 때는 아침밥 대신 죽을 먹는 문화가 있었다. 후기에 이르면 이른 아침 죽을 팔러 다니는 사람까지 등장한다. 이는 '청장관전서'에서도 명백히 전한다.

어느 한때 죽은, 가난한 사람들이 쌀이 없어 끓여먹던 구황음식쯤으로 치부된 적도 있지만 죽은 특별한 요리에 속한다. 별미이자 보양식, 치료식인 것이다.

임원십육지 '죽기(粥記)'에도 전하길 매일 아침에 죽 한 사발을 먹으면 배가 비고 위가 허한데 곡기가 일어나니 보(補)하는 효과가 사소하지 않아 이것이야말로 이것이 음식의 최묘결(最妙訣)이다, 라고 극찬하고 있다.

궁중죽의 대표 선수는 누구일까?

누가 뭐래도 타락죽(駝酪粥)이다. 타락(駝酪)이라는 말은 돌궐어(突厥語)의 '토라크'에서 나온 말이다. 이는 말린 우유를 뜻하는 말로 불린 쌀을 곱게 갈아서 물 대신 우유를 넣고 끓인 무리죽을 뜻한다.

죽에도 족보가 있다.

미음(米飮).

의이(薏苡).

원미(元米).

미음은 쌀을 고아서 채에 받친 것이다. 죽보다 수분이 많으니 음료에 가깝다. 셋 중에서 소화에 가장 부담이 되지 않는다. 다만 죽에 비해 열량이 많이 떨어진다.

의이는 율무를 가리키는 한자어다. 그러므로 율무죽이다. 율무껍질을 벗겨 물에 불린 후 맷돌에 갈아 앙금을 앉힌 후에 윗물은 버리고 앙금만 좋은 햇빛에 말려 사용한다. 나중에는 율무가 아닌 것으로 만들어낼 때도 많았으니 조상들의 지혜와 응용력이었다.

원미는 곡류를 맷돌에 굵게 갈아내 쑨 죽이다. 소주원미와 장탕원미 방식이 있는데 소주원미는 술이 들어가고 장탕원미는 일단 탕을 끓인 후에 갈아낸 쌀을 넣고 함께 끓여낸다. 조선시대 죽의 유행은 김삿갓의 시조에서도 엿볼 수 있을 지경이었다.

타락죽, 의이죽, 방풍죽, 해송자죽, 청태죽, 박죽, 적두죽, 아욱죽, 병아리죽, 석화죽, 홍합죽, 쇠비름죽, 냉이죽, 흑임자죽, 개암죽, 호두죽…….

문헌에 등장하는 죽만 적어도 A4 한 장급이다.

오늘 아침 죽의 대세는 타락죽이었다. 흑임자죽도 많았다. 음식에도 유행이 있다. 타락죽이 궁중 대표 죽으로 알려지면서 많은 사람들이 타락죽을 예약했다. 하지만 특별한 죽을 원하는 사람도 있었다. 늘 배달로 가져가는 예약 팀이었으니 오늘도 예외는 아니었다.

"강재희."

미음과 죽을 포장하는 재희에게 민규가 말을 건넸다.

"네, 셰프님."

"죽과 관련된 김삿갓 시조 알지?"

"네."

"한번 읊어봐."

"사각송반죽일기(四脚松盤粥一器)에, 천광운영공배회(天光雲影共排徊)라, 주인막도무안색(主人莫道無顔色)하니, 오애청산도수래(吾愛靑山倒水來)라."

　네 다리 소반 위에 멀건 죽 한 그릇.
　하늘의 구름 그림자가 그 속에 함께 떠도네.
　주인장이시어, 면목 없다 말하지 마소.
　물속에 비치는 청산도 나는 좋아한다오.

　시조의 뜻이었다.
　"사각 송반에 죽 한 그릇… 거기 비친 하늘의 구름… 죽에 구름이 비칠까, 안 비칠까?"
　"그거야 문학이니까……."
　"요리의 측면으로 접근하면? 죽에 구름이 비치려면 어떻게 되어야 하지?"
　"멀겋게 쒀야… 어머?"
　"감이 와?"
　"그럼 김삿갓이 먹은 죽은 죽보다 미음에 가깝겠네요?"
　"바로 그거야. 그게 죽인지 미음인지는 김삿갓만이 알겠지만."
　"어머, 어머……."
　"궁중요리에서는 재해석도 필요해. 레시피가 나오기도 하지만 사진은 없거든. 누군가 그렇다 한다고 해서 그대로 갈 필요는 없다는 거야. 원전을 함부로 훼손하면 안 되지만 원전을 바로잡는 것도 필요하니까."

"와아……."

재희의 감탄과 함께 죽 포장이 끝났다. 손님은 칼같이 들어섰다. 움직이는 시계였다는 철학자 칸트처럼 시간관념이 기막힌 사람이었다.

그런데, 오늘은 옆에 한 사람이 더 있었다.

"처음 뵙겠습니다."

중후한 임원풍의 남자가 인사를 해왔다.

"찾아주셔서 감사합니다."

민규가 답례를 했다.

"제 명함입니다."

"예……."

정중히 내미는 명함을 받았다.

수미푸드 종합개발실 전무이사 박찬모.

그의 직함이었다.

수미푸드… 죽을 사 가는 곳이 수미푸드인 건 알고 있었다. 하지만 전무이사가 찾아오니 기분이 조금 달랐다.

"실은 저희가 여러 날 동안 셰프님 죽을 사 갔습니다."

"예, 늘 고맙게 생각하고 있습니다."

"죽이 참 기막히더군요. 저희 회장님도 늘 감탄에 찬사를 보내십니다."

"예……"

"그래서 말씀인데 언제 시간 한번 내주실 수 있겠습니까?"

"제가요?"

"실은… 저희가 우리 죽의 맛을 살려낸 전통죽 개발을 염두에 두고 있습니다. 해서 전국에 있는 죽 전문점을 모두 체크해 보았는데 셰프님 죽이 최고더군요. 회장님께서는 셰프님이 죽 개발에 참여해 주셨으면 하십니다. 몇 가지 모델을 골라 레시피를 주시고 지도해 주시면 셰프님 이름을 달아 출시하고 로열티도 드릴 생각입니다."

"……"

"어제 임원회의에서 만장일치 의견을 보았기에 제가 찾아왔습니다. 처음부터 말씀드리지 않고 접근한 점 사과드립니다만 전통죽을 살리는 기회는 물론이려니와 해외시장으로 나가면 우리 요리 문화의 우수성도 제고할 수 있으니 셰프님의 요리 관과도 잘 부합하지 않을까 생각합니다."

"……"

"시간을 정해주시면 언제라도 차로 모시겠습니다."

전무는 몇 번이고 허리를 조아렸다.

"죄송합니다. 워낙 느닷없는 말씀이라……."

"어쩌면 다른 업체에서도 제의가 왔을 줄 압니다만 저희는 최고 대우로 모시겠습니다."

"죄송합니다. 명함을 받았으니 생각을 좀 해보겠습니다. 보시다시피 지금은 손님들이 오실 때라서……."

"알겠습니다. 그럼 연락 기다리고 있겠습니다."

박찬모는 정중한 인사를 두고 돌아갔다.

"거봐. 내 말이 맞았지?"

듣고 있던 종규가 반색을 했다.

"뭐가?"

"내가 수상하다고 했잖아? 우리 죽 사다가 연구하는 게 틀림없다고."

"그래서?"

"어떻게 할 거야? 나쁜 제의는 아닌 거 같은데?"

"일단 손님부터 모시죠."

민규가 마당을 가리켰다. 아침 죽 손님들이 도란도란 몰려들고 있었다.

"이 셰프님!"

손님 중에 길 박사가 보였다. 그는 후배 의사를 대동하고 있었다.

"오셨습니까?"

민규가 길 박사를 맞았다.

"안녕하세요, 박사님!"

종규와 재희도 인사를 빼놓지 않았다. 둘은 한때 길 박사의 환자들이었다.

"어익후, 나 같은 돌팔이에게 올 때마다 인사는……."

길 박사가 너스레를 떨었다.

"돌팔이라뇨? 듣기 민망합니다."

민규가 얼굴을 붉혔다.

"돌팔이지 그럼? 결국 저 둘을 고친 건 이 셰프가 아닙니까?"

"그거야……."

"꿩 잡는 게 매라고 질병은 고쳐주는 사람이 명의지, 좋은 병원에 자리를 차지하고 있다고 명의는 아닙니다."

"……."

"인사해요. 우리 신경외과 지수길 과장. 내 후배인데 평생 빈대라오."

"지수길입니다. 말씀 많이 들었어요."

의사가 인사를 해왔다. 40대 후반으로 살집이 적당한 사람이었다.

"찾아주셔서 감사합니다."

민규가 답했다.

"우리 지 과장, 어때요? 바쁘겠지만 이 셰프께서 특진 한번 해주세요."

"신경외과 과장님이라시면서 제가 감히……."

"감히라뇨? 저기 손님들 보세요. 다들 이 셰프님 요리 먹고 가뜬해하고 있잖습니까? 누가 뭐래도 이미 스타 식의십니다. 너무 겸손한 것도 안 좋아요."

"정 그러시면……."

민규가 눈빛을 세웠다. 지수길은 土형이 깃든 木형 체질이었다. 간담에 더해 비위장도 좋은 편이 아니었다.

"……!"

가슴팍의 간장을 바라보던 민규의 시선이 살짝 흔들렸다. 그보다 조금 더 아래에 엿보이는 혼탁 때문이었다. 난감하게도 사타구니였다.

사타구니라면 당연히 정력. 이 사람, 정력 문제로 왔을까 싶을 때 다른 혼탁이 보였다. 오른손이었다. 그 혼탁이 더 끈끈하고 강했다.

'근육 장애…….'

결론이 나왔다. 지수길의 고민은 오른손이었다. 혼탁으로 보아 세밀한 작업을 하기 쉽지 않다. 수전증이랄 수도 있다. 유사한 혼탁이 성기 쪽에도 번졌으니 힘줄, 즉 근육의 문제였다. 간장에 쌓인 열이 근육에 장애를 일으킨 것이다.

"손떨림 때문에 오셨군요?"

"……!"

민규 말이 떨어지기 무섭게 지수길이 소스라쳤다. 그는 본

능처럼 길 박사를 돌아보았다. 길 박사는 어깨를 으쓱해 보였다. 병명에 대해서 입도 벙긋한 적이 없기 때문이었다.

"그것 말고 하나가 더 있는데 그건 손의 장애를 없애면 함께 나아질 것 같습니다."

"응? 손 말고 또 있었나?"

길 박사가 민규를 바라보았다. 민규는 대답 대신 얼굴을 붉혔다.

"오라, 눈치를 보니 수컷 쪽이구만. 하긴 이제 슬슬 파워가 떨어질 때도 되었지."

길 박사가 알아듣고 무릎을 쳤다.

"어때? 귀신이지?"

길 박사가 지수길에게 물었다.

"그렇군요. 청진기도 안 대고 알아내다니… 제가 손떨림 때문에 고민하는 거 맞습니다. 정력은 둘째 치고……."

지수길이 젓가락을 잡아 보였다. 오래지 않아 손가락의 근육이 파르르 경련을 했다.

"이렇습니다."

지수길의 목소리가 한없이 낮아졌다. 그의 직업은 신경외과의, 더구나 큰 병원의 과장이었다. 그렇다면 중요한 집도를 주관할 위치. 수술의가 손떨림을 가졌다면 사형선고에 버금갈 일이었다.

"이 친구가 우리 병원 스타 집도의예요. 미국 대형 병원 쪽에서도 욕심을 냈던 사람이지. 하지만 사람은 기계가 아니지. 온갖 수술에 집안에 우환까지 생기다 보니 과부하가 걸린 모양이에요. 독수리의 눈과 사자의 마음, 여인의 손이 사자의 손과 여인의 마음으로 바뀌어 버린 거지."

"……."

길 박사의 설명에 지수길의 고개가 더 숙여졌다.

독수리의 눈.

사자의 마음.

여인의 손길.

이는 서양의(西洋醫) 애스틀리 쿠퍼의 명언이다. 독수리처럼 날카로운 시선으로 병소의 문제를 찾아내고, 사자의 결단력으로 판단을 내리며 환부를 수술할 때는 여인의 손처럼 부드럽게 하라는 의미.

이런 의사라면 최상의 결과를 내지만 반대의 경우가 된다면 어떨까? 결단력이 없어 주저하는 의사가 사자의 손처럼 거칠게 환부를 수술하면…….

오 마이 갓!

좋은 결과를 기대하기는 어려운 일이었다.

의사는 신이 아니다. 수술에 있어 좀 더 섬세한 사람도 있고 조금 거친 사람도 있었다. 그러나 문제는 지수길의 케이스. 그는 신의 손으로 추앙을 받던 의사였다. 그 큰 기대 덕분에 여전히 몰리는 예약 환자들. 그러나 돌연 손 근육에 장애가

오면서 위기를 만난 것이다.

그 위기는 이미 치명적인 쪽으로 진행되고 있었다. 최근 들어 두 번의 사고를 냈다. 실리콘을 삽입하다 엉뚱한 구조물을 손상시켰고 축삭을 건드려 합병증도 유발했다. 지수길에게는 불명예이자 좌절에 다름 아니었다.

어느 날 술자리에서 길 박사에게 고민을 털어놓은 지수길. 그런 그를 끌고 온 길 박사였다.

"어때요? 이 셰프? 이 친구, 말도 안 된다며 뻗댔지만 폐동맥 고혈압까지 고쳤다고 하니까 따라왔어요. 나 사기꾼으로 안 만들려면 수고 좀 해주셔야겠는데……."

"그래야겠네요. 신의 손이셨다니 기다리는 환자들도 많을 테고요."

"돈은 염려치 말고 부탁해요. 이 친구, 가진 게 돈밖에 없으니 병만 나으면 타고 온 차라도 주고 갈 겁니다."

길 박사가 차를 가리켰다. 흰색 아우디였다.

"돈 많이 받으려면 고민을 둘 다 잡아드려야겠군요."

민규가 돌아섰다.

"……."

지수길의 시선은 민규 뒤태에 있었다.

"착잡하나?"

길 박사가 물었다.

"……."

"그 심정 이해가 가네. 사실 나도 이 셰프 처음 봤을 때 그런 느낌이었네. 명색이 의사, 그것도 대한민국에서 둘째가라면 서러울 대형 병원의 간판 의사……."

"……."

"어쩌면 자괴감도 들 테지. 이거 내가 뭐 하는 짓인가? 의사라는 사람이……."

"……."

"하지만 조금만 기다리게나. 현대 의학이라고 완벽한 건 아니지 않나? 자네도 이 셰프의 약선 마법에 홀리고 말 걸세."

'약선 마법…….'

지수길은 그 말을 곱씹었다. 그래도 살갑지 않았다. 벽에 걸린 그림은 약선의 아버지라는 중국의 이윤. 그가 주장하는 건 음식이 곧 약이라는 이론. 그게 언제 적 얘기던가. 현대 의학은 한의학이나 민속 의학 등의 대체 의학을 그늘로 밀어 넣은 지 오래였다. 그런데, 그 현대 의학을 주도하는 총아가 그늘을 찾아들어 온 꼴이었다.

손을 보았다. 파르르 경련이 일었다.

그 자신이 신경과 전문의. 온갖 이론에 최신 치료법을 동원해 신경을 치료하고 물리치료를 받아도 개선이 되지 않는 이 손떨림… 그런 손이 과연 약선요리 한 그릇으로 해결될 것인가?

그사이에 민규가 물을 가져왔다. 찬연한 유리잔에 담긴 세

잔이었다.

"요리가 나오는 동안 물을 마시고 계십시오. 놓인 순서대로
마셔야 합니다."

마비탕과 열탕, 천리수, 국화수의 순이었다.

마비탕은 열을 내리는 명수다. 간에 쌓인 열을 위한 저격용
이었다. 열탕은 양기를 채우고 경락을 열어준다. 피의 순환을
노리는 물. 마지막으로 천리수는 손발 끝 등에 말단의 병을
위한 처방, 국화수는 근육 저림 퇴치용이었다.

대신 길 박사는 달랑 요수 한 잔이었다. 민규의 실력을 아
는 터라 길 박사는 군말 없이 요수를 마셨다. 긴장감 때문인
지 다른 날보다 물맛이 담담했다.

*   *   *

민규는 약장 앞에 있었다.

손의 근육 장애.

근육을 지배하는 오장은 간이다.

요놈의 Liver.

오장 중에서도 업무량이 많이 노가다 장부다. 간에 문제
가 생기면 힘줄이 약해진다. 그러나 손의 음양 조화는 간 혼
자서 하는 게 아니다. 손발의 음양 조화 시작은 비위에서 비
롯된다. 또 하나의 장애로 보이는 성기 문제도 비슷했다. 비

위가 약해져 피가 잘 돌지 않으면 고추에 힘이 들어가지 않는다. 근육의 문제로 종근에 이상이 와도 성기는 구실을 못 한다. 결론적으로 간장을 돌보며 비위까지 함께 챙겨야 하는 약선이 필요했다.

간에 뭉친 열.

그리하여 팔의 근육에 경련을 유발하고 있다.

무엇으로 잡을까?

음양곽이 첫눈에 들어왔다. 음양곽은 근육경련에 좋은 약재였다. 다음으로, 흔한 오가피도 나쁘지 않다. 그 또한 힘줄을 튼튼하게 하는 데 명약이었다. 팔 쪽의 문제로 손이 떨린다면 천마도 좋았다. 저린 증상까지 있으면 백작약이 으뜸이었다. 이 밖에도 모과, 두충과 호랑이 뼈도 좋은 약재들. 그러나 호랑이 뼈는 구할 수 없으니 대상에서 삭제.

식재료로는 메추리가 꼽힌다. 메추리는 오장을 보하고 기를 이어주며 근육과 골을 튼실하게 하고 뭉친 열을 풀어준다. 열병으로 부스럼이 나고 진물이 있다 없다 한다면 아욱도 좋은 선택이 될 수 있었다.

—약선메추리의이죽.

화제를 정하니 식재료도 정해졌다. 메추리에 의이, 즉 율무를 더한 약선죽이었다. 함께 들어갈 약재는 음양곽과 오가피를 택했다.

주방으로 나와 약재의 양을 맞추었다. 지수길을 보며 조금

씩 분량을 가감했다. 메추리는 세 마리가 필요했다. 지수길의
손 상태가 생각보다 심각했던 것.

그러나 문제가 있었으니 그의 체질 창 때문이었다.

체질 유형—土형이 깃든 木형.

담간장—병약.

심소장—허약.

비위장—허약.

폐대장—양호.

신방광—양호.

포삼초—우수.

미각 등급—B.

섭취 취향—小食.

소화 능력—C.

체질상 소식가였다. 물론 약으로 먹는 음식이니 과식을 권
할 수도 있지만 그렇게 되면 요리의 측면을 잃게 되는 일.

방향을 틀어 요리의 즐거움을 살릴 방안을 마련했다. 대안
은 모과와 천마였다.

'모과정과와 천마병.'

그거라면 메추리율무죽을 조금 줄여도 보충이 될 것 같았
다. 더구나 정과와 병으로 만들면 먹는 부담도 줄어든다. 같

은 양이라면 한 가지만 먹는 것보다 두세 가지로 나눠 먹는 게 부담이 없기 때문이었다. 모과정과 하나와 천마병 하나. 여기에 입가심 뽕나무차를 더하니 지수길의 혼탁과 매칭이 되었다.

—약선메추리의이죽.
—궁중모과정과.
—궁중천마병.
—뽕나무차.

결정이 끝나자 손이 바빠지기 시작했다. 메추리의 피를 뺀 후에 정화수 끓인 물에 살짝 입수해 잡내를 몰아냈다. 그런 다음 찜통에 넣고 고았다. 메추리가 익어가는 동안 율무껍질을 벗겨 열탕에 불린 후 앙금을 받았다. 그걸 한지에 올려 잠시 햇빛에 두었다.

보글보글.

의이죽이 끓기 시작했다. 불은 최대한 낮춰 정성껏 저었다. 죽은 여기가 핵심이었다. 혹여 바닥에 눌어붙는다면 불 내 좋아하는 火형 체질이 아닌 다음에야 음식물 쓰레기로 직행하는 것이다.

지수길 죽의 마무리는 고소한 참기름과 잣가루였다. 두 가지는 목형 체질을 위한 것으로 식욕을 돋우려는 배려에 속했다.

"약선죽 나왔습니다."

민규가 테이블 세팅을 시작했다. 질박한 그릇에 담긴 약선 메추리의이죽. 희끗한 율무와 메추리 살이 기막힌 조화를 이루고 있었다. 그 위에 올려진 건 잣가루와 어린 깻잎순. 마무리로 두른 참기름의 노란 색감과 어우러지며 군침을 돌게 했다.

다음으로 궁중모과정과와 궁중천마병이 선을 보였다. 그들은 달랑 하나씩이었지만 두 접시에 제대로 세팅이 되었다. 모과정과는 흰 연꽃 오림으로 장식을 했고 천마병은 장미꽃 잎을 썰어 역동의 묘미를 살려놓았다.

"어떤가? 끝내주지?"

같은 요리를 받아 든 길 박사가 지수길에게 물었다.

"보기는 맛깔스럽네요."

"보기만 그런 게 아니지. 이 셰프가 설명 좀 해주시지요."

길 박사가 민규를 바라보았다.

"의사시니 어떻게 들으실지 모르지만 약선의 관점에서 보면 선생님의 손떨림은 간에 쌓인 열 때문입니다. 그 열이 심하다 보니 상극이 되는 비위장을 건드렸습니다. 그래서 더 심해진 거죠. 여기 약선은 간에 쌓인 열을 내려 근육의 장애를 막고 혈액순환을 도와주는 구성이니 손을 지배하는 근육과 더불어 다른 고민도 해결해 줄 겁니다. 원래 식사량이 많은 체질이 아닐 편이라 죽의 양을 줄였으니 딸려 나온 요리를 함께 드셔야만 좋은 결과가 오리라 봅니다."

"그렇군요."

민규의 설명에 지수길이 답했다. 이때까지도 그는 사실 무덤덤한 표정이었다.

"그럼……."

민규가 물러나자 식사가 시작되었다. 처음에는 깨작거리던 지수길. 죽이 입맛에 착착 붙자 손이 빨라지기 시작했다. 메추리의이죽은 빠르게 비워져 나갔다.

지수길, 그는 메추리가 처음이었다. 조금 꺼림칙하기도 했다. 하지만 비린내부터 잡내까지 일체의 거부감도 느껴지지 않았다. 오히려 닭이나 소고기보다 맛난 느낌이었다.

그에 따라 간장의 혼탁에도 반응이 갔다. 표면이 하르르 붕괴되고 있었다. 민규의 처방은 제대로 먹히는 것으로 보였다.

지수길이 천마병을 베어 물었다. 신선한 색감은 차마 참을 수 없는 유혹이었다.

툭!

그렇잖아도 주체하기 힘들던 옥침이 끝내 테이블에 떨어지고 말았다. 길 박사는 모른 척했다. 이제 그런 경우를 많이 본 까닭이었다. 처음에는 반신반의하는 사람들. 그런 그들도 민규의 요리를 맛보기 시작하면 제어가 되지 않는다는 노하우가 쌓인 길 박사였다.

주수길은 천마병을 넘기더니 아예 죽 그릇을 집어 들었다. 손이 살짝 떨렸다. 그걸 알면서도 맛에 홀린 터라 잠시 망각해 버리는 주수길이었다.

민규의 고개가 갸웃 돌아간 건 그때였다.

'이상한데?'

초자연수 세 잔은 깔끔하게 비워졌다. 죽도 이제 막판이었다. 그럼에도 불구하고 그의 혼탁은 더 이상 변화가 없었다. 처음에는 약간의 반응이 보이던 가슴팍과 손의 혼탁. 거기서 멈췄다. 아니, 어떻게 보면 다시 진해지는 것도 같았다.

'임계점……'

민규가 골똘해지기 시작했다. 아직은 모과정과가 남았다. 뽕나무차도 대기 중이다. 하지만 기분은 좋지 않았다.

나쁜 예감은 잘 들어맞는다. 그 말은 이 경우에도 적용이 되었다. 어떤 혼탁들은 막판에 통쾌하게 깨지기도 하지만 이건 예외였다. 간장의 혼탁이 점점 더 모여들고 있었다.

'잘못되었다.'

민규 등골에 식은땀이 맺혀왔다. 아니나 다를까? 죽 그릇을 든 주수길의 손이 더욱 맹렬하게 떨렸다. 길 박사를 의식한 주수길이 죽 그릇을 내려놓았다. 자칫하면 엎을 뻔한 순간이었다.

"왜?"

길 박사가 물었다.

"아, 아닙니다."

주수길이 얼버무렸다. 하지만 얼굴은 창백했다. 맛에 홀렸던 이성이 되살아났다. 돌아보니 평소보다 심한 경련이었다.

'역시 죽 따위로는…….'

생각이 거기에 이르자 입맛이 뚝 떨어졌다. 긍정적이던 조금 전과는 다른 대반전이었다. 극과 극이 연출되고 있는 것이다.

극과 극…….

민규가 골똘해졌다. 간의 혼탁은 왜 미동도 않는 것일까? 신장의 힘을 키워서 기본부터 밀어붙였어야 했었나? 아니야. 약선재료 구성은 제대로 맞았어. 그렇다면 왜?

'상극?'

민규가 한 단어를 잡아냈다. 상극은 좋지 않다. 하지만 약선에 있어서는 또 하나의 방법에 속했다. 꿈쩍도 안 하는 간장의 열독. 너무 오래되어 천석고황에 가까운 놈. 저 깊은 잠을 깨우는 데는 상극만 한 방법이 없었다.

간은 목이니 금극목이라. 목은 신맛이오, 금은 매운맛이니 매운맛의 자극이 필요했다. 그제야 처음의 반응이 떠올랐다. 죽이 들어가자 열독이 꿈틀거렸다. 율무 때문이었다. 율무는 매운맛에 속한다. 그렇기에 상극의 자극을 받아 열독이 움츠린 것이다. 질병이라는 게 그랬다. 그것도 목숨이다. 인간의 몸에 자리 잡으면 세력을 키울 궁리를 한다. 평소와 다른 느

찜의 약선 매운맛이 들어오자 철갑 실드를 펼치고 숨어버린 열독⋯⋯.

"재희야, 복숭아 좀 부탁해."

주방으로 간 민규가 소리를 높였다.

"몇 개나요?"

"몇 개 있지?"

"열 개가 좀 넘는데요?"

"전부 다 가져와."

소리치는 민규 손에는 과도가 들려 있었다.

매운맛에 웬 복숭아일까? 차라리 청양고추 같은 땡초를 한 줌 갈아 먹여야 하는 것 아닐까? 물론 그것도 방법이었다. 하지만 그건 요리가 아니었다.

민규는 복숭아를 골랐다. 껍질이 좋은 걸 찾는 것이다. 복숭아는 금형에 속하는 식재료다. 특히 껍질에 매운맛이 많이 분포한다. 이 매운맛 진액이라면 먹는 사람이 즐거울 수도 있었다. 도합 일곱 개의 복숭아 껍질을 벗겨 마비탕과 급류수 소환 물을 섞어 갈아냈다.

"과장님."

민규가 복숭아껍질즙을 추가했다.

"뭡니까?"

주수길이 물었다. 실망감 때문인지 귀찮다는 표정이 역력했다.

"복숭아껍질에 약수를 넣어 만든 약즙입니다. 이걸 드시면 느낌이 좀 올 겁니다."

"셰프."

주수길이 고개를 들었다.

"예?"

"죽을 맛나게 먹었으니 됐습니다. 더는 생각이 없네요."

"선생님."

"이게 우리 병원 데이터를 총동원해도 잘 안 되는 병입니다. 너무 애쓰지 않아도 괜찮습니다."

"그건 안 됩니다."

민규 목소리에 힘이 들어갔다.

"안 된다고요?"

"예."

"셰프, 뭘 착각하고 있나 본데 여기는 음식점입니다. 먹기 싫다는 사람에게 강요할 자격은 없으십니다."

"음식점인 건 맞지만 저는 지금 요리사가 아니라 식의입니다."

"식의?"

"선생님은 병원에서 환자를 어떻게 받으시나요? 주사 한 방만 더 놓으면 완치인데, 작은 수술만 하면 큰 병으로 가는 걸 막을 수 있는데 입원 환자가 싫다고 해서 그러라고 합니까?"

"……?"

"이미 제 테이블에 앉으셨습니다. 약선요리를 먹겠다고 말씀도 하셨습니다. 그렇다면 제가 주는 요리를 다 드셔야만 합니다."

"……."

"그런 다음에 질책을 하든 원망을 하든 하십시오. 여기서 멈추면 수술장에서 마취에 이어 개복을 했는데 환자가 뛰쳐나가는 꼴입니다."

"이, 이봐요. 무슨 비유를 그렇게?"

"뭐, 나는 이 셰프 편이네만."

관망하던 길 박사가 민규 편을 들고 나왔다.

"선배님."

"지금 이 셰프가 못 먹을 걸 먹으라는 것도 아니지 않나? 그러니 섣불리 예단하지 말고 다 먹게나. 문제가 생기면 책임은 내가 지겠네."

"선배님……."

"어서, 이 맛난 모과정과가 기다리고 있지 않나? 새로운 복숭아 약즙의 색감도 기가 막히구만."

길 박사가 요리를 밀어주었다. 주수길은 황당한 눈빛을 거두었다. 길 박사의 성품을 아는 까닭이었다. 그는 복숭아 약즙을 단숨에 마셔 버렸다. 후다닥 먹고 떠날 참이었다. 모과정과도 한입에 꿀꺽해 버렸다. 아직 차가 나오지 않았으니 남은 건 약간의 죽이었다. 상기된 마당이라 죽 그릇을 집어 들고 입에 퍼 넣었다. 그리고 그 그릇을 내려놓으려 할 때⋯⋯.

'오케이.'

민규 입가에 엷은 미소가 스쳐 갔다. 주수길의 열독이 흔들리고 있었다. 금극목, 상극의 공략이 제대로 먹힌 것이다. 흔들림은 아주 맹렬했다. 그러더니 이윽고 혼탁을 낱낱이 흩어버렸다. 그 결과는 주수길의 손으로 이어졌다.

"이제 효과가 나오는 모양이군. 아까는 그릇 놓을 때 손이 떨리더니 지금은 괜찮지 않나?"

음식을 비워낸 길 박사가 말했다.

"⋯⋯!"

그제야 주수길도 느낌을 받았다. 그가 다시 죽 그릇을 들었다. 허공에 멈췄다. 손이 떨리지 않았다. 조금만 있어도 수전증이 되던 근육. 그 근육에 힘이 들어온 것이다.

"셰프!"

그가 민규를 바라보았다.

"아직 뽕나무차가 남았습니다."

차분하게 차를 내주었다. 주수길이 잔을 들었다. 잠시 미동이 왔지만 이내 멈춰 버렸다. 손 위치를 조금 높여도, 조금 낮춰도 경련은 없었다. 단숨에 비우고 수저통을 들었다. 금속 수저는 묵직했다. 이번에도 역시 경련은 없었다.

"이거⋯⋯."

주수길의 눈이 민규에게 향했다. 눈치를 차린 민규가 요리

용 가위를 건네주었다. 그걸 손에 낀 주수길이 여러 동작을 취해보았다. 종이를 썰고, 허공에 찰칵거리고… 그래도 경련은 일어나지 않았다.

"선배님."

그 눈빛이 길 박사를 향했다. 각을 세우던 조금 전과는 다른 공손한 눈빛이었다.

"고마워서 그러는 거면 여기 식의에게 해야지. 나야 브로커 아닌가?"

"이럴 수도 있군요."

주수길의 시선은 그의 오른손에 있었다. 처음에는 그의 자랑이었던 손. 그러나 최근에는 그의 좌절이었던 손. 그 손이 감쪽같이 원상회복된 것이다.

그런데 그 감동은 손에만 있는 게 아니었다. 늘 뭔가 맺힌 듯 답답하던 가슴팍. 그 가슴이 동해 바람이라도 들어온 듯 시원했다. 게다가 조금 더 아래… 그 남자의 중심. 맥없이 늘어져 슴슴 꾸리한 냄새를 풍기던 물건에도 힘이 느껴졌다.

"잠깐만요."

주수길이 화장실로 뛰었다. 화장실 안으로 들어가 바지를 내렸다.

안녕하세요?

고추가 인사를 하고 있었다. 늘 풀 죽어 사타구니에 붙어살던 물건이 제자리로 돌아온 것이다.

'맙소사.'

주수길은 벽에 기대 간신히 중심을 잡았다. 그 벽을 짚은 오른손은 떨지 않았다. 몸이 중심을 잃었음에도 가운데 물건만은 중심을 제대로 잡고 있었다.

"와우!"

자신도 모르게 소리를 질렀다. 화장실이 떠나가도록.

의사 체면 같은 것은 상관없었다.

10. 죽 상품화 쟁탈전

"이 셰프님."

테이블로 돌아온 주수길이 민규 손을 덥석 잡았다.

"제 말이 맞죠?"

민규가 웃었다.

"그렇네요. 이거 어떻게 말해야 할지……."

"뭘 어떻게 말해? 내가 미리 다 말해줬었는데?"

길 박사가 주의를 환기시켰다.

"그렇긴 하지만 아무리 생각해도 믿기지 않는 일이라… 대체 의학 같은 거 솔직히……."

주수길의 시선은 오른손에서 떨어지지 않았다.

"이제 경련이 사라진 건가?"

"그렇네요. 감쪽같이……."

"그러니 우리 이 셰프가 더 대단하다는 걸세. 우리는 적어도 권위라도 있지 않나? 하지만 이 셰프는… 아까 자네 나 없었으면 그냥 갈 생각도 있었지?"

"솔직히 말씀드리면……."

"그럼 자네 손 치료는 물 건너 간 거야. 그렇지 않나?"

"예."

"그러니 이 셰프가 얼마나 힘들겠는가? 우리처럼 의사의 권위도 아니고 요리사다 보니 손님들 요구에 맞춰 서비스까지 해야 하지 않은가? 우리 의사들은 많이 반성해야 하네."

"죄송합니다."

"알았으면 계산하시게. 내가 내려고 왔지만 결과가 좋으니 나도 브로커 커미션 좀 챙겨보세나."

"그거야 얼마든지……."

주수길이 카드를 꺼내 들었다.

"어허, 기왕이면 현금. 오가며 보자니 우리 이 셰프, 좋은 약선요리 약재들을 도매상이 아니라 개별적으로 사들이는 경우가 많더군. 그런 것들은 거래명세서가 없어서 자료 입증도 안 된다네. 좋은 일 하고 세금 폭탄 맞을 판이니 현금이 좋지."

"아닙니다, 박사님."

길 박사의 훈수에 민규가 손을 저었다.

자영업자 세금 제도가 강화되면서 식당에도 불똥이 튀었다. 전보다 빡빡해진 세금 시스템. 하지만 그것 때문에 손님을 귀찮게 할 생각은 없었다.

"아무튼 진짜 고마워요. 내가 환자들에게 한약 먹고 좋아졌다는 말은 더러 들었지만 약선요리가 이 정도라는 건 머리에 털 나고 처음으로 알았네요. 손도 그렇고 거시기도⋯⋯."

"가슴팍도 시원해졌죠?"

민규가 확인에 나섰다.

"맞아요. 늘 찜찜하고 뻐근한 열감이 있었는데 동해 바람이 들어온 듯 아주 청량하고 시원해요."

"앞으로 식단에 신경 좀 쓰셔서 신맛, 고소한 맛을 많이 보충하시면 오랫동안 괜찮을 겁니다."

"그 말 우리 마누라에게 전하겠습니다. 이제 내 몸이 베갯머리송사도 가능해졌으니 마누라가 잘 따를 겁니다."

주수길이 현금 전부를 꺼내주었다. 길 박사의 것을 합쳐 30만 원만 받으려 했지만 막무가내였다.

"이야, 약선요리⋯⋯."

아우디 앞에 선 주수길이 민규의 초빛 간판을 바라보았다. 그 눈은 경외감으로 오롯했다. 이제 다시 독수리의 눈에 사자의 마음, 여인의 손으로 돌아간 주수길. 힘차게 핸들을 잡았다. 그대로 도로까지 치고 나갔다. 손힘이 제대로 들어가니 거칠 것이 없었다.

"주 과장, 너무 터프한 거 아니야?"

조수석의 길 박사가 짐짓 말했다. 그러자 주수길, 급커브에서 단숨에 핸들을 감으며 답했다.

"터프하긴요. 절 기다리는 수술 환자가 몇인데요."

"오늘 수술하려고?"

"닥터 유에게 떠밀어놓은 수술이 세 건입니다. 다시 독수리의 눈과 여인의 손을 갖췄으니 제가 해야죠. 끝나고 나서 우리 스태프들에게 술 한잔 쏠 건데 선배님도 오시겠습니까?"

주수길의 목소리는 자꾸만 높아졌다.

이날 오후, 유리잔과 함께 메뉴판이 도착했다.

초자연약수세트.

세종대왕 황금전약.

영조 탕평채.

고종의 야참 냉면.

9첩반상 왕의 수라.

왕실골동반.

약선야생초죽.

황금궁중칠향계.

초자연수를 제외하고 일곱 가지를 레귤러 메뉴로 삼았다.

솔 향이 뭉긋하게 풍기는 메뉴판을 테이블에 장식하니 한결 규모가 있어 보였다. 그걸 세팅할 때 느닷없는 손님이 찾아들었다.

"형!"

종규 목소리가 짧게 들렸다. 돌아보던 민규가 화들짝 놀랐다. 식치방 회장 우중균이었다. 옆에는 정가희 이사와 김수겸 이사가 붙어 있다. 세 사람 모두 약선요리 대회 때 안면이 있었다. 그러나 예약에는 없는 사람들, 웬일로 단체로 등장한 것일까?

"이민규 셰프?"

우중균이 고개를 들었다. 요리 대회 때는 따로 미는 사람이 있어 그리 달갑지 않던 사람. 이렇게 따로 만나도 비호감이기는 크게 다르지 않았다.

"예……."

"나 알지?"

"그럼요."

"개업을 했군. 진작 알았더라면 가끔씩 와서 팔아주는 건데……."

그는 건성건성 주변을 스캔했다.

"……."

"최고로 비싼 약선죽을 가져오게. 이제라도 매상 좀 올려주려고 왔네."

"죄송하지만 예약이 아니면 손님을 받지 않습니다만."

민규의 목소리가 회장의 폭주를 막았다.

"뭐라고?"

회장이 고개를 들었다,

"예약제라서요. 마땅한 식재료가 없습니다."

"죽 재료도 없단 말인가?"

"예."

"그럼 아무거나 되는 대로 차려 오게나."

"죄송합니다."

민규가 동의하지 않았다. 식재료가 없는 건 아니었다. 하지만 우 회장은 일방통행. 이런 페이스에 끌려가고 싶지 않았다.

"이봐요, 이 셰프. 우리 회장님이세요. 식치방 우중균 회장님."

김수겸 이사가 충성스레 설명했다.

"압니다만 식재료가 없습니다."

"허, 이런 융통성을 봤나."

"죄송합니다."

"그럼 차는? 차도 안 되나?"

"차는 됩니다만."

"차는 된답니다. 회장님."

"험험!"

"저쪽 자리에 앉아도 되겠지?"

김수겸이 연못가의 야외 테이블을 가리켰다.

"그러시죠."

별수 없이 자리를 내주었다. 차까지 안 된다고 하기에는 너무 야박했기 때문이다.

오미자차를 내주었다. 초자연수도 대접할까 싶었지만 괜히 찜찜한 생각이 들어 잠시 미뤄놓았다.

"여기 좀 앉으시게. 우리 회장님이 하실 말씀이 있으시니까."

김수겸이 민규를 재촉했다.

"그럼 하십시오. 저는 전화도 받아야 하고 주방 정리도 해야 해서……."

"어허!"

"그냥 두시게. 젊을 때는 바빠야지."

회장이 김수겸을 제지했다.

"이민규 셰프."

"예."

"올해 우리 약선대회 우승을 했지?"

"그렇습니다."

"우승 소감이 인상적이더군."

"……."

"게다가 이렇게 빨리 독립하다니… 역시 우리 요리 대회 인지도가 굉장하지?"

"······?"

"이래서 내가 보람을 느낀다니까. 우리 약선대회 우승 타이틀이 아니었으면 이 셰프가 이렇게 빨리 자리 잡을 수 있겠어?"

"맞습니다. 우리 약선대회 우승이면 성공의 지름길이죠."

정가희와 김수겸이 합창을 했다.

"그래서 말인데 이 셰프, 어차피 내 새끼 같은 입장이니 자네를 더 키워주려고 왔네."

'키워줘?'

"자네가 만드는 약선죽들 반응이 꽤 괜찮다더군. 그거 시장에 출시해 줄까 싶은데?"

"예?"

"우리 식치방 같은 회사가 자네 죽을 상품화했다고 하면 자네 가게는 더 소문이 나게 되고 매상이 기하급수적으로 오르게 되겠지. 그야말로 스타 셰프가 되는 거지."

"······."

"어떤가? 생각만 해도 설레지 않는가?"

"······."

"나머지는 김 이사가 설명하시게."

회장이 김 이사를 바라보았다. 김수겸은 기다렸다는 듯이 말을 이어갔다.

"약선죽 레시피 비방 10개만 넘겨주시게. 자네가 우리 요리 대회 우승자이니 아이디어료로 3천만 원을 준비했네. 무려 3천만 원이라네."

"……."

"이건 3천만 원이 문제가 아니라네. 자네 죽이 우리 식치방을 통해 상품화되었다는 게 알려지면 자네 가게는 저절로 홍보가 되는 셈이니 몇십 억짜리 광고를 하는 셈이지."

"……."

"다른 셰프들은 그쪽에서 돈을 줄 테니 제발 상품화시켜 달라고 하는데 자네는 거꾸로 돈도 받고 홍보도 되니 회장님께 감사하시게. 이게 다 식치방의 '공생'이라는 지고지순한 경영이념 때문이라네. 우리 회장님은 갑질이라면 치를 떠시거든."

"죄송합니다만……."

천천히 입을 연 민규가 답을 이어놓았다.

"그런 거 생각해 본 적이 없습니다. 나중에 생각이 나면 따로 연락을 드리겠습니다."

"뭐야?"

김수겸의 목소리가 확 높아졌다.

"사업하고 싶은 생각이 들면 연락드리겠다고 했습니다."

"이봐. 내 말 못 알아들은 건가? 이건 자네 일생일대의 기회야. 스타 셰프가 되는 길이라고."

"계산서 가져다 드릴까요?"

"이봐."

민규가 돌아섰다. 종규가 계산서를 가져다주었다.

"아니, 뭐가 이렇게 비싸?"

김수겸이 당장 핏대를 올렸다. 거기 청구된 가격은 6만 원이었으니 잔당 2만 원이었다.

"이 셰프!"

회장이 민규를 불렀다. 민규가 돌아보자 손가락을 까닥거린다. 그 오만함이 가련해 보여 가까이 다가섰다.

"3천이 적으면 5천 주겠네."

우중균이 배팅을 올렸다.

"돈 때문이 아닙니다."

"1억!"

"돈 때문이 아니라고 말씀드렸습니다."

"이 친구가 정말!"

텅!

우종균이 테이블을 내려쳤다. 뜻대로 먹히지 않으니 핏대가 오른 것이다.

"이봐. 자넨 나한테 빚을 지고 있는 거야. 우리 회사가 개최한 약선요리 대회에서 우승했기 때문에 주목받고 있는 거 아니야? 그럼 회사 일에 협조를 해야지. 그냥 달라는 것도 아니고 계약금을 주겠다는데 왜 뻗대는 거야?"

"회장님!"

"뭐야?"

"혹시 수미푸드라고 아십니까?"

"수미? 그건 왜?"

"거기서도 제 약선죽을 상품화하려고 공을 들이고 있습니다."

"……!"

우종균의 이마에 선뜻 식은땀이 맺히는 게 보였다. 알고 있다는 뜻이었다. 처음에는 별 관심이 없던 식치방. 민규의 약선죽이 입소문이 나고 다른 기업에서 상품화를 검토 중이라고 하자 인연을 앞세워 달려온 것. 민규는 그게 싫었다. 자신의 죽 한번 먹어본 적 없는 인간이 다짜고짜 죽의 레시피를 내놓으라니.

"그럼 육성그룹은 아십니까? 양경조 회장님."

"거기도 자네 죽을 상품화하겠다던가?"

"거의 그렇습니다만!"

"……!"

우종균이 새파랗게 질리는 게 보였다. 수미푸드만 해도 만만치 않을 판에 육성그룹이라면 힘에 부치는 상대가 틀림없었다.

"이렇게 찾아주신 건 감사를 드립니다. 하지만 제 약선죽을 상품화하고 싶으시다면 최소한 셰프에 대한 예의를 지켜주시기 바랍니다. 나아가 정식으로 죽 예약을 하고 맛을 보신 후에 결정해 주십시오. 저는 제 요리를 먹어보지도 않은 사람이 그런 생각을 한다는 것 자체가 황당할 뿐입니다."

"……."

"죽을 드시고 정당한 평가를 하신 후에 마음이 정해지면 그때 합당한 조건을 제시해 주시기 바랍니다. 그럼 저도 한번 검토해 보겠습니다."

"육성그룹에는 누가 왔었나?"

"양 회장님이 두 번이나 오셔서 드시고 가셨습니다만."

'회장이 두 번이나?'

"찻값 6만원이 너무 비싸면 10% 할인해 드릴까요?"

"아, 아닐세."

회장이 손을 내저었다. 김수겸은 결국 카드를 내놓고 말았다. 종규가 결재해 주자 영수증도 챙기지 않고 가버렸다. 가오 잡으려다가 체면 알뜰히 구기는 식치방 회장이었다.

"아오, 쪼잔 얍삽한 인간. 약선요리 대회도 내정자를 두고 꼼수로 치르다 우리 형한테 밟힌 주제에 대상을 거저 준 듯 말하네?"

종규가 각을 세우며 말했다.

"그러니까 저 사람 입장에서는 더 아깝지 않겠나?"

"그리고, 우리 형이 뭐 자기 졸때기야? 명령하듯 말하게. 뉴욕까지 뒤집고 온 세계적인 셰프를 말이야."

"야, 세계적은 너무 오버다."

"아니긴? 어제 찍은 녹화만 나와봐. 대한민국이 또 한 번 자지러질 텐데……."

"그나저나 진짜로 예약하고 올까 봐 겁난다."

"흥, 예약 오면 내가 다 뺀찌 놓을 거야. 앞으로 10년치 예약 꽉 찼다고 하면 되지."

"이야, 우리 종규 무섭네."

"내가 다른 거 다 참아도 형한테 함부로 하는 인간들은 못 참거든."

"아서라. 손님은 왕이다. 약선요리에 있어서는 더욱."

"약선요리라서 손님이 왕이면 셰프는 식의잖아. 그럼 의사 대우는 해줘야지."

"옛날 왕 중에는 식의 알기를 발톱의 때로 아는 사람도 더러 있었지 아마."

"어, 진짜?"

"그럼. 식의 하다가 왕이나 왕자가 잘못되면 옥살이에 귀양에, 사형까지 당한 사람이 얼마나 많은데?"

"에이, 씨… 그건 옛날얘기고……."

종규가 막무가내로 목청을 높일 때 민규의 전화가 울렸다. 호랑이도 제 말하면 온다더니 육성그룹의 양경조 회장이었다.

"회장님!"

—이 셰프, 지금 바빠요?

"아닙니다. 말씀하세요. 예약하시게요?"

─오늘은 예약이 아니고 번개입니다. 나 가까운 곳에 있는데 잠깐 가능할까요? 안 된다면 다음에 다시 가겠습니다.

"잠깐은 괜찮습니다."

─그럼 10분 안에 도착합니다.

전화가 끊겼다. 그리고, 정말 10분 후에 양경조가 도착했다. 그의 동생과 둘이었다.

"이 셰프, 우리 형제 한번 살려주세요."

차에서 내린 양경조, 대뜸 읍소부터 하고 나왔다.

살려달라니?

준재벌에 가까운 회장님 형제가 왜?

"회장님."

"진심입니다. 우리 형제 좀 살려주세요."

"무슨 말씀이신지……."

민규는 자리부터 권했다.

"아우야, 니가 말씀드려라."

양경조가 동생을 바라보았다.

"그게 말입니다, 셰프님."

테이블 앞으로 바짝 당겨 앉은 동생이 말꼬리를 붙여 나갔다.

"우리 형제가 경영권 분쟁을 끝내고 합심 경영을 선언하지 않았습니까? 그래서 주주총회에서 대내외에 천명하고 주주들의 지지를 호소했는데 거기서 의견이 올라왔습니다."

'의견?'

"한마디로 합심 경영은 환영하지만 말보다 가시적인 사업 계획을 보여달라는 거였죠."

"……."

"회사 지분이야 우리가 충분하니까 경영권을 옵션으로 거는 요청은 아니지만 의미가 있다고 생각해서 수용하기로 천명했습니다. 우리도 기왕에 형제가 힘을 합치는 바에야 새로운 도약이 필요하다고 생각했지요."

"……."

"그래서 원래 검토 중이던 신사업 분야를 체크했는데 이 셰프님이 떠오르더군요."

"……."

"저번에도 형님이 말씀드린 거 같은데 새팥죽 말입니다. 맛도 좋고 영양도 좋은 약선죽. 그거라면 새로운 활로가 될 것으로 생각했습니다. 우리 형제에게도 정말 의미 있는 사업이 될 테고요."

동생이 자료를 꺼내놓았다. 첫 장은 한국 시장에 대한 분석이었다. 두 번째는 전 세계 밥 문화권의 시장분석, 세 번째는 국민소득 8천 불 이상, 세 번째는 2만 불 이상 국가의 시장에 대한 데이터였다.

'후아!'

감탄이 절로 나왔다.

니 죽이 인기 좀 끈다며? 우리가 띄워줄 테니까 레시피 내
놔.

그런 주먹구구가 아니었다. 현재의 시장을 분석하고 그 장
단점의 파악, 약선죽이 상품화되었을 때의 기대치와 향후 시
장전략까지 망라한 분석이었다.

마지막은 유명 약선죽 셰프들에게 대한 분석이었다. 그 안
에는 약선이 대가로 꼽히는 장광, 해인에 광보 스님, 차만술까
지도 포함되어 있었다. 20여 명 후보군 중에서 민규의 점수가
가장 높았다.

"회장님."

민규가 고개를 들었다. 이 두 사람은 새팥죽만을 먹었다.
그런데 어떻게 이런 분석표가 나왔을까? 그 답은 동생이 보여
준 영수증에 있었다. 민규네 가게에서 사 간 약선죽 신용카드
전표였다. 의이죽에서 타락죽까지 없는 게 없었다. 다만 매번
두 종류씩 두 그릇이었다. 그렇게 사서 나른 죽이 80여 그릇
에 속하고 있었다. 양경조 회장. 과연 경영의 귀재로 불릴 사
람이었다. 단체죽을 가져가던 수미푸드도 나쁘지 않았다. 대
량으로 사가서 분석을 한 것이다. 하지만 육성그룹의 방식은
한 수 위였다. 민규와 종규가 눈치조차 채지 못하는 방식으로
죽을 사다가 분석을 해낸 것.

"유명한 약선죽 집에서 수천 그릇의 죽을 사다가 분석을 했
습니다. 몇 분의 죽이 최종 대상에 올랐지만 맛의 균형을 유지

하는 건 이 셰프님뿐이더군요. 이 셰프님의 죽은, 따뜻할 때 먹어도, 식은 것을 먹어도 잡내나 싫증이 나지 않았습니다. 그렇기에 우리가 대량생산 공정으로 이 맛을 재현할 수 있을까 부담도 있었지만 기왕에 작심한 일, 두 팔 걷고 도전해 보았습니다."

동생이 대기 중이던 기사에게 신호를 보냈다. 그가 아이스박스를 들고 와 테이블 위에서 개봉했다.

"......!"

민규가 소스라쳤다. 안에서 나온 건 죽이었다. 민규가 쑤어 내던 여러 죽이 그 안에 들어 있었다.

"그동안 분석한 것으로 만든 샘플들입니다. 이것으로 이 셰프의 테스트를 받고 싶습니다."

"테스트라니요?"

"우리 육성그룹이 과연, 이 셰프의 약선죽을 세상에 소개할 자격이 있는가."

"......"

"셰프, 한번 맛을 봐 주시겠습니까? 퇴짜를 놓는다고 해도 괜찮습니다. 우린 또 도전할 거니까요. 우리 형제가 처음으로 사업을 일으키던 그때처럼. 우리 이래 봬도 78전 79기의 불사조들이거든요."

동생의 눈빛은 단단했다. 양경조는 더욱 그랬다.

투명 포장을 벗기고 죽 샘플을 열었다. 궁중타락죽이

었다.

"……!"

맛이 나쁘지 않았다. 초자연수를 다루는 민규의 기준이었다. 혀 안에 남는 신비감과 아련함은 부족하지만 나머지는 그럴듯하게 반영이 되어 있었다.

당귀연자죽.

오미자황률죽.

뽕나무석화죽.

둥굴레잣죽.

형제가 준비한 약선죽은 다섯 가지였다.

"새팥죽은 없군요?"

민규가 넌지시 간을 보았다.

"꼭 만들고 싶은 메뉴지만 무리라는 걸 아니까요. 새팥죽을 쑤려면 새팥이 필요한데 그건 대량생산이 불가능합니다. 결국 원료를 줄이거나 수입산 쪽으로 가닥을 잡을 텐데 이 약선죽에는 얄팍한 원료 장난을 하지 않을 생각입니다."

쿨한 대답이 나왔다. 마음에 들었다. 원료를 고려하면 새팥죽의 대량생산은 무리였다. 현실을 제대로 파악하고 있다는 반증이었다.

시식을 시작했다. 하나하나의 맛마다 굉장한 투자가 엿보였다. 어느 것 하나 무너지지 않는 튼실한 맛이었다.

"어떻습니까?"

둥굴레잣죽까지 시식을 끝내자 형제가 한목소리로 물었다.

"굉장하군요. 이 정도라면 그냥 상품을 만드셔도……."

"아닙니다. 우리가 맛을 의뢰한 미식가들 평가가 78점 수준인 데다 이렇게 진출하면 우리가 셰프의 지적재산권을 도둑질하는 꼴이지요."

"……!"

거기서 민규가 전율을 느꼈다.

지적재산권 도둑질.

마음을 사로잡는 말이었다. 양아치 방식의 우중균 회장과는 사업 마인드가 천지 차이를 이루고 있었다. 약선대회를 빌미로 꿍 먹으려는 우중균. 지적재산권이라는 말로 민규를 대우하는 육성그룹…….

"그런데 어떤 분들에게 의뢰를 하셨길래 78점이 나왔습니까?"

민규가 물었다. 이 정도 재현에 78점은 너무 야박한 느낌이었다.

"여러 사람이 있지만 한 사람은 알려 드릴 수 있습니다."

양경조가 다시 전면에 나섰다.

"루이스 번하드, 우리 이 셰프님 요리를 많이 드셔보셨더군요."

'루, 루이스 번하드?'

민규가 다시 소스라쳤다. 생각지도 못한 이름이었다.

"그분이 지금 한국에 계십니까?"

"아뇨. 우리가 접촉할 당시에는 홍콩에 계시더군요. 처음에는 퇴짜를 맞았습니다. 해서 여기 동생이 직접 홍콩으로 날아갔지요."

양경조가 동생을 바라보았다.

"3일 동안 세 번을 찾아갔습니다. 처음에는 관심을 주지 않더니 이 셰프님 이름을 대니까 호감을 보이더군요. 바로 한국에서 샘플을 공수해다 시식평을 받았습니다."

'맙소사!'

민규의 입이 쩌억 벌어졌다. 그야말로 영화 같은 열정이었다.

"그분이 78점을 주셨나요?"

"아뇨. 그분은 51점이었습니다. 이 셰프님의 요리 맛에 비하면 겨우 절반을 넘을 뿐이라더군요. 그날로 우리가 재현한 레시피를 뒤엎고 다시 판을 짜기 시작했습니다."

"……."

"한 사람 더 밝힌다면 홍설아 씨가 있습니다. 그분이 우리 식품 모델로 나간 적이 있는데 역시 셰프님 요리를 많이 먹어 봤더군요."

홍설아까지?

"홍설아 씨에게는 몇 점을 받았습니까?"

"80점이었습니다만 여운과 감동이 없다고 하더군요."

"……."

"아직 부족한 점이 많습니다. 하지만 한 가지는 약속드립니다. 레시피를 주시면, 셰프님이 OK 할 때까지 그 맛을 찾아내겠습니다. 그런 다음에야 시장으로 진출합니다."

양경조의 목소리에는 신뢰가 가득했다.

식치방 회장처럼 오만하게 윽박지르지 않는 사람. 무엇 하나 허투루 접근하지 않는 사람. 수미푸드의 접근도 나쁘지 않았지만 마음이 움직이는 민규였다.

하지만!

민규는 감정에 쏠리지 않았다. 두 가지 이유가 있었으니 '사업'과 '초자연수'였다.

사업가들.

많은 사람을 겪어보지 않았다. 하지만 아버지의 말은 또렷하게 기억했다.

"사업은 계약."

"내 주머니에 돈이 들어와야만 내 돈."

"사업은 결국 돈이 신뢰를 좌우하는 것."

작은 자영업자였지만 아버지의 경영관은 또렷했다. 동업자에게 뒤통수를 맞은 전력 때문이었다. 그 동업자는 기막힌 언변에 좋은 인상을 가지고 있었다. 몇 마디 나눠보면 저절로 신뢰가 싹트는 부류였다. 그러나 그 사람 머릿속에 든 건 신뢰가 아니라 사기였다.

그렇기에 계약이라는 게 중요했다. 설령 좋은 마음으로 출발한 계약이라고 해도 위기가 닥치거나 사이가 틀어지면 문제가 되었다. 세상의 인간관계란, 하늘의 날씨처럼 늘 좋기만 한 게 아니었다.

"빠진 게 있군요?"

민규가 넌지시 질문을 던졌다. 민규에 대한 대우 조건이 없는 것이다.

"아, 계약조건 말입니까?"

"맛난 요리의 기법을 두고 돈을 논하는 건 마땅치 않지만 요리로 말하자면 가장 중요한 식재료를 빼먹은 기분입니다."

"역시 프로시군요. 조건은 저희가 직접 말씀드릴 생각이었습니다. 계약금 5억에 CF 5억 원, 그리고 2%에 해당하는 로열티 어떻습니까?"

10억.

굉장한 배팅이 나왔다.

"CF라 하시면?"

"약선죽이 출시되면 셰프님 이름이나 약선죽 이름을 넣을 생각입니다. 당연히 셰프님이 요리하는 모습이 나가야죠."

"저를 앞세우는 것보다는 인기 스타들이 낫지 않나요?"

"요즘은 파격 광고의 시대라 진솔한 게 더 먹힙니다. 셰프님이 나가는 게 오히려 주목받을 수 있다는 분석이 나왔습니다."

"그렇군요."

그 문제는 더 거론하지 않았다. 아직 선행되는 문제가 있었다.

초자연수였다. 민규의 죽에는 초자연수가 들어갔다. 그것 때문에 아련하고 푸근한 뒷맛이 일품이었다. 그걸 살리지 못한다면 육성그룹과 식치방은 정성과 오만의 차이뿐이다. 일반 소비자들은 그걸 알 리가 없었다.

"레시피 드리겠습니다."

민규가 잘라 말했다.

"오, 셰프님."

양경조가 반색을 했다.

"종규야."

민규가 신호를 보냈다. 종규가 생수 네 통을 가져왔다.

"아실지 모르지만 22%의 부족은 이 물 때문입니다. 재료는 분석하되 물은 분석하지 않았겠지요."

"아닙니다. 여기 주방 생수통의 물은 우리 직원들이 몰래 가져온 적이 있습니다. 셰프께서 그 물로 죽을 만들기에……"

"……"

역시!

그 말이 저절로 나왔다. 물까지 참고했다니 대단한 열정. 하지만 생수는 답이 될 수 없었다. 민규 손을 거치기 전의 물은 그저 생수에 불과했다.

"이 물은 제가 약선죽에 주로 쓰는 약수입니다. 따로 분석하셔서 가장 유사한 물맛을 내실 수 있다면 회장님을 돕겠습니다."

"……"

"하시겠습니까?"

"하죠. 당연히 합니다."

동생이 물 네 통을 받아 들었다.

"참고로 지금 여러 식품 회사에서 제 죽을 상품화하려는 움직임이 있습니다."

"그렇겠지요. 만약 그렇지 않다면 대한민국 식품 회사들이 사업 감이 없는 거고요."

양경조의 대답은 쿨했다.

"그러니 서둘러 주세요. 아시다시피 제가 이 일에 시간을 뺏길 여유가 없거든요."

"목숨 걸고 분석해 오겠습니다, 셰프님!"

동생이 꾸벅 고개를 숙였다. 나름 자리를 잡은 중견기업의 수뇌들. 그러나 그들의 태도는 마치 사업을 처음 시작하는 것처럼 겸허하기만 했다. 그들의 말대로 초심으로 돌아간 모습이었다.

형제는 그렇게 돌아갔다.

"멋진데?"

차가 연못을 돌아 나가자 종규가 중얼거렸다.

"그렇지? 형제가 합심하는 모습… 보기 좋다."

"말고 우리 형."

"나?"

"이제 포스가 제대로 나잖아? 1억도 아니고 10억 얘기가 나오다니… 요리의 황제 같잖아?"

"들어오지도 않은 돈 계산하지 말고 황제님에게 물이나 한 잔 바쳐라."

"예, 폐하."

종규가 물 한 잔을 가져왔다. 거기 정화수를 소환해 시원하게 들이켰다. 머리가 쨍 맑아졌다. 형제에게 준 물은 마비탕과 정화수, 지장수, 그리고 요수였다. 33 초자연수 중에서도 민규가 약선죽에 즐겨 쓰는 물.

뉴욕을 생각했다. OS푸드의 샤킬 피펜은 거기까지 갔었다.

민규의 초자연수를 분석해 플랜츠새우의 퀄리티를 높인 사람들.

육성그룹이라고 못 갈 건 없었다.

기왕에 민규로부터 비롯된 약선죽이 시장에 나간다면 최고의 퀄리티로 내보내고 싶었던 것이다.

'어디까지 분석해 낼까?'

형제의 의욕과 열정을 생각하니 기대감이 소복 피어올랐다.

『밥도둑 약선요리王』 7권에 계속…